IVAN IVANJI

Tod in Monte Carlo

Gedruckt mit freundlicher Unterstützung der Kulturabteilung der Stadt Wien.

Gedruckt nach der Richtlinie des Österreichischen Umweltzeichens „Druckerzeugnisse", Christian Theiss GmbH, Nr. 869

FSC www.fsc.org MIX Papier aus verantwortungsvollen Quellen FSC® C012536

Grafische Gestaltung: Dorothea Löcker, Wien
Umschlagabbildung:
© Getty Images/Underwood And Underwood
Druck und Verarbeitung:
Christian Theiss GmbH, St. Stefan im Lavanttal
ISBN 978-3-7117-2077-1

Informationen über das aktuelle Programm des Picus Verlags und Veranstaltungen unter
www.picus.at

IVAN IVANJI

Tod in Monte Carlo

ROMAN

PICUS VERLAG WIEN

Sprach man im Banat, früher Teil Österreich-Ungarns, nun des Königreichs Jugoslawien, zwischen endlosen Weizenfeldern und mannshohem Kukuruz, von Monte Carlo, so klang das unwirklich, nach Südseeinsel, fast ein wenig nach Himmelreich, wenn man fünfzig Jahre lang nicht weggekommen war aus der staubigen Kleinstadt, weg von der Verantwortung in der Arztpraxis, und ganz besonders von der langweiligen Ehe.

Und dann sagte Viktor einfach: »Komm, Moritz, wir fahren nach Monte Carlo!«

»Wie meinst du das, wirklich? Wie soll das gehen?«

»Warum nicht? Wir nehmen mein Auto.«

Es schien dem alten Doktor fast wie eine Einladung ins Paradies. Und das so plötzlich.

Seiner Frau sagte er erst einmal gar nichts. Er wollte in Ruhe überlegen, ob er die Einladung annehmen sollte. Sie plauderte beim Abendessen über den täglichen Tratsch, den sie in der Konditorei erfahren hatte, Moritz hörte gar nicht zu, nickte nur ordnungshalber manchmal kurz. Das war sein Beitrag zur Unterhaltung. Nach einem unruhigen Tag zog er am Abend Stille vor. Möglichst absolut, aber das war ja nicht möglich.

Absolute Stille? Undenkbar. Die gibt es in der Natur nicht. In der Natur nicht, der Mensch jedoch ist in der Lage, sie zu schaffen. An Universitätskliniken etwa oder in großen Rundfunkanstalten gibt es solche Räume, die man Camera silens nennt. Wenn man nur einige Minuten in ihnen verbringt, fühlt man sich unbehaglich. Bleibt man länger, wird es immer schlimmer. Früher oder später kommt es zu körperlichen Beeinträchtigungen, die Wahrnehmungsfähigkeit wird vermindert, dann folgen Gedankenflucht, Halluzinationen, Übelkeit. Solche Räume, die auch noch verdunkelt sind, benützt man heutzutage zur Folter, sie hinterlassen keine nachweisbaren physischen Spuren. In ihnen finden hochnotpeinliche Befragungen moderner Art statt, die Persönlichkeit der dieser Todesstille ausgesetzten Menschen wird gebrochen.

Solange du bei Bewusstsein bist, hörst du. Bist du bewusstlos, gibt es dich nicht mehr, auch keine Stille, da ist keiner mehr, um zu hören oder nicht zu hören. Im Dschungel sind die Geräusche zahllos und gefährlich, am Meer, selbst wenn es scheinbar ohne Regung ruht, hört man zumindest sein Rauschen. Es reden die Gezeiten. Wenn es böse wird, das Meer, schickt es schwere Wellen an die felsigen Küsten, dann klingt es wie ein Donnern. Donnerschläge von oben, ein Anrollen der Wogen unten. In der Stadt ist der Verkehr rastlos, selbst in einer Kleinstadt im Banat. Auf dem Land surren Insekten, manche von ihnen zirpen, Hunde bellen den Mond an, Katzen balgen sich lautstark.

Moritz ist Arzt, er hat Latein gelernt, er weiß, was eine Camera silens sein könnte, aber von so einer Einrichtung als Folterkammer hat er nie etwas gehört. Etwas Altgriechisch kann er auch noch, auf Latein könnte er sogar Gespräche führen, wenn er einen Partner dafür fände.

Sein bester Freund Viktor kann kein Latein. Was sollte er mit einer toten Sprache? Sein Name bedeutet, dass er ein Sieger ist, ja, das ist lateinisch, das weiß sogar er. Und er betont seine Siegesgewohnheit nur allzu gerne. Nomen est omen. Solche Sprüche kennt er, flicht sie möglichst oft ein in

Gespräche, möchte gebildeter wirken, als er ist. Er hat einen angenehmen Bariton, spricht fließend Tschechisch, Deutsch, Ungarisch, Serbisch und Französisch und in jeder Sprache so, dass man gerne zuhört, einfach zuhören muss, weil es nicht nur autoritär, sondern überzeugend klingt. Man folgt, wenn er befiehlt, gut zuredet oder bittet. Das genügt in der ersten Hälfte des zwanzigsten Jahrhunderts, um Geschäfte zu machen und Millionen zu verdienen. Das allein? Nicht beim Poker oder wie am Roulettetisch, sondern, zum Beispiel, mit Kampagnen, wie man das nennt, wenn es meilenweit um die Zuckerfabrik stinkt, weil man aus den aus der schwarzen Banater Erde gerissenen Rüben Zucker produziert, Zuckerhüte, Würfelzucker, Kristallzucker, Staubzucker. Aber nicht einmal das genügt, um stinkreich zu werden, man muss den Zucker auch verkaufen können, mit gutem Gewinn verkaufen. Das ist die Kunst. Durch sie entsteht der Mehrwert. Moritz hat dieses Wort gehört, aber er weiß nicht genau, was es bedeutet, es hat ihn nie interessiert. Viktor kennt den Begriff. Ein wenig Marx sollte jeder Kapitalist kennen, selbstverständlich hat er »Das Kapital« gekauft und in seinen Bücherschrank gestellt. Ob er es gelesen oder gar verstanden hat, ist eine andere Frage. Er kümmert sich um seine Leute, weil er ein netter Mensch sein möchte, nicht wegen möglicher sozialistischer und gewerkschaftlicher Umtriebe. Oder doch bloß, weil er kein Durcheinander bei seinen Arbeitern brauchen kann und deshalb Ruhe haben will? Ruhe und Stille sind keine Synonyme.

Die Lehren dieses Karl Marx hat Moritz an der Medizinischen Fakultät der Universität Budapest nicht studiert. Dafür kennt der Doktor das schöne Wort Silentium, das Viktor kein Begriff ist, denn er gibt nie Ruhe, er schweigt nie. Klingt

Silentium nicht besser als Stille? Still da! Stiller, ruhiger! Französisch silence. Noch hübscher. Aber was ist das? Absence de bruit – das Fehlen von Lärm. Es gibt auch den silence de mort – Totenstille. Oder Stille des Todes? Lieber nicht zu viel über einzelne Worte nachdenken, sonst verliert man die Wirklichkeit, die sie beschwören sollten.

Man sitzt in Monte Carlo. Tatsächlich. Man sitzt ganz einfach und schlürft Kaffee wie zu Hause. Kaffee im Paradies? Viktor bemerkt, dass die Gedanken seines Gegenübers abschweifen.

»Was hast du, Moritz?«

»Ach, nichts … Nur so …«

Eigentlich gibt es Finsternis genauso wenig wie Stille. Je stärker man die Augenlider zudrückt, desto bunter flimmern die bunten Punkte vor dunklem Hintergrund. Ein Problem für die Kollegen Ophthalmologen. Moritz ist Allgemeinmediziner, die müssen alles wissen, denn sie kurieren Menschen, den ganzen Menschen, nicht einzelne Krankheiten, für die sind die Fachärzte zuständig.

Der Mensch erkennt, begreift das Leben mit seinen fünf Sinnen – Sehen, Hören, Riechen, Schmecken, Tasten. Sinne prägen das Denken. Cogito ergo sum – ich denke, also bin ich – ist nicht alles. Ein Mediziner weiß das. Natürlich, auch Tiere haben Sinne, aber das ist eine andere Art von Leben. Fragt die Halbkollegen, die Veterinäre. Das Leben ist sinnlich. So denkt Moritz, bevor er einschläft. Und er träumt, dass er mit Viktor Tennis spielt, obwohl er das wach gar nicht kann, sich nie Zeit genommen hat für Leibesübungen, nur etwas schwimmen, das mag er, und spazieren gehen, viel zu Fuß wandern. Das empfiehlt er auch seinen Patienten, insbesondere älteren Herrschaften wie er selbst eine ist. Viktor besitzt neben seiner Villa auch einen gepflegten Tennisplatz, er spielt fast jeden Tag. Angeblich bemühen sich seine Ingenieure, nicht allzu oft zu gewinnen, sonst bekommt der Herr Direktor schlechte Laune. Im Traum darf Moritz jedoch siegen, den kleinen, festen Ball hoch in die Luft werfen, mit dem Schläger hart treffen und so auf die andere Seite des Platzes knallen, dass Viktor ausrutscht, sich die Knie aufschürft. Lachend gehen die Herren in die Villa ins große Badezimmer und der Arzt versorgt seinen Freund. Im Traum. Seltsam, im wachen Leben hat Viktor nie seine ärztliche Hilfe in Anspruch genommen. Der Millionär ist ein kerngesunder alter Herr.

Sich auf seine Sinne verlassen. Das Leben ist sinnlich.

Später, mitten in der Nacht, ein seltsamer Laut. Wie ein Ruf. Wer ruft wen? Und von wo? Das Fenster steht offen, auch die Tür zur Terrasse. Die Nacht ist hell. Heller als zu Hause im Banat? Richtig, das Hotel steht am Meeresufer, man hört, wie die Wellen unermüdlich anrollen, ein leises Gespräch unten in einem Garten, aber das stört gar nicht, im Gegenteil, es trägt zur Ruhe bei. Moritz war eingeschlafen, aber dieser Laut hat ihn aufgeweckt. Gehört er zur Nacht in Monte Carlo? Was bedeutet er? Dann erkennt er ihn. Es ist der Ruf einer Eule. Oder eines Uhus. Was ist der Unterschied? Ornithologie war auch kein Fach in Budapest. Wie hat sich das Tier ins Zentrum von Monte Carlo verirrt? Es gibt hier viele Grünanlagen, große Gärten um die Luxusvillen, das schon, aber stört diese Vögel nicht der Benzingestank, das Verkehrsgewirr? Haben Eulen keine Probleme in Monte Carlo? Juden haben hier jedenfalls keine Probleme. Noch nicht. Man hält Eulen für weise. Dann ist es auch für ihn weise, hier zu sein. Vielleicht hält man sie aber auch nur deshalb für so klug, weil sie große Augen haben, die Eulen, Uhus, Käuze.

In Monte Carlo haben sich Viktor und Moritz im Hotel Hermitage am Square Beaumarchais einquartiert, ihre Zimmer haben Blick auf das Meer. Die Kuppel über der großen eleganten Halle hat der Architekt Gustave Eiffel konstruiert, derselbe, der nicht nur den berühmten Turm in Paris gebaut hat, sondern, zum Beispiel, eine Eisenbahnstation in Budapest und eine Brücke über den Bega-Kanal in der kleinen Stadt im Banat, aus der Viktor und Moritz im Packard des Zuckerfabrikdirektors angereist sind. Der Chauffeur bekam eine Kammer in der Mansarde des Hotels und viel Freizeit, deshalb ist er zufrieden mit sich, der Welt und seinem Chef.

Zum Casino schlendern die beiden alten Herren schon am zweiten Abend, fünf Minuten zu Fuß, ein wunderbar warmer Sonnenuntergang, dann leuchten die Sterne des südlichen Himmels über Palmen, Pinien, Zypressen, Korkeichen, Mandelbäumen. Fröhliche Menschen sind unterwegs, verliebte Paare, schöne Frauen. Viktor hat auf dem Casinobesuch bestanden, deshalb seien sie ja hergekommen, einmal im Leben müsse man hier spielen und ihr Leben neige sich schon langsam dem Ende zu – jetzt oder nie. Einverstanden. Los! Allons-y! Vadimus! Das kennt auch Viktor, auch wenn er kein Latein gebüffelt hat. »Quo vadis, Domine?« hat selbst er gelesen. Jetzt könnte der Doktor sich fragen: Quo vadis, Moritz?

»Ich habe nie in meinem Leben um Geld gespielt«, sagt Moritz.

»Stimmt nicht, fast jeden zweiten Abend spielst du Alsós.«

»Das schon, aber das ist doch kein Glücksspiel!«

»Hängt davon ab, wie hoch man spielt.«

Alsós wird mit Deutschem Blatt gespielt, römische Ziffern, Herz, Eichel, Schelle und Blatt sind die Farbenzeichen. Als Student hat Moritz allerdings auch gepokert. Das ist sehr wohl ein Glücksspiel. Aber so manches, was er als Student getan hat, scheint ihm heute, als hätte damals nicht er es getan, sondern ein ganz anderer junger, wilder Mann. Danach wurde alles anders. Er hat gearbeitet. Menschen heilen ist Arbeit. Aber auch ein Glücksspiel. Man spielt um das Leben anderer Menschen. In seiner privaten Praxis in der Kleinstadt im Banat, in der Ambulanz der Zuckerfabrik, deren Direktor und Großaktionär sein Freund Viktor ist, spielt er freilich nicht um hohe Gewinne oder Verluste, spektakuläre Heilungen oder Tod. Verluste gibt es trotzdem. Er hat schon manchen Patienten zum Grab begleitet. Es ist für den Arzt einfach, »ex« ans Ende der Krankengeschichte zu schreiben, doch den Tod mitzuteilen, den Verbliebenen in die Augen zu schauen, aufzupassen, dass man nicht mit den Achseln zuckt, die richtigen Worte für Beileid findet, ist sehr schwer.

Wie man Roulette spielt, weiß er, das weiß doch jedes Kind, Viktor muss es ihm nicht erklären. Er setzt einige Jetons auf Schwarz. Gewinnt. Lässt den Gewinn stehen. Gewinnt wieder. Dann will er alles auf Rot schieben, passt nicht auf, seine Handbewegung ist ungeschickt, ungeübt, zufällig landete der Jetonturm auf dreißig. Sein Geburtstag ist der dreißigste Januar. Er gewinnt. Gerade kommt der Kellner mit seinem Cocktail, er vergisst, dass er etwas tun sollte, alles bleibt auf derselben Zahl stehen – und die kleine Kugel hält wieder auf dreißig. Erst als ein Raunen und Gemurmel am Tisch zu hören ist, schaut er richtig auf, sogar der Croupier zögert einen Augenblick und blickt ihn an, der Turm mit seinen Jetons ist jetzt wirklich beachtlich.

»Bist du verrückt geworden, Moritz!«, flüstert ihm Viktor ins Ohr. »Zieh schnell alles ab!«

Er tut es mechanisch. Begreift noch nicht, was passiert ist. Warum starren ihn alle so an? Er hat mit tausend Franc begonnen. An der Kasse werden ihm eine Million zweihundertsechsundneunzig Franc ausgezahlt.

»Jetzt bist du reicher als ich«, sagt der Zuckerfabrikdirektor, Besitzer zahlloser Aktien und wer weiß wovon noch. Das ist natürlich ein Scherz, denn er ist vielfacher Millionär und hat sich deshalb erlauben können, den alten Freund einzuladen, ihn in seinem Packard nach Monte Carlo mitzunehmen. Sie lassen sich das Geld in eine Tragtasche des Casinos einpacken und verstauen es erst einmal im Safe ihres Hotels.

Liebster Moritz,
Mein getreuer Ehegatte,

Eben erst bist du fort, und schon fehlst du mir sehr, fehlen mir unsere ausführlichen Abendgespräche. Aber ich habe ja eure Hoteladresse. Ist es schön dort? Was tragen die Damen? Warum fahren wir beide nie irgendwohin? Viktor nimmt doch seine Gattin auch manchmal mit auf Reisen. Diesmal wolltet ihr alte Knaben unter euch sein. Das verstehe ich doch. Ich gönne es Dir. Aber ich leide schon vor Einsamkeit.

Unser Sohn wollte nichts dazuschreiben, Du weißt wie schreibfaul er ist. Aber er lässt Dich sehr, sehr herzlich grüßen.

In Liebe Deine
Viola.

Brave jüdische Mädchen wissen, dass es sich gehört, solche Briefe zu schreiben. Sie wird aber doch auch froh sein, dass sie ihre Ruhe hat. Ausführliche Abendgespräche! Moritz antwortet mit einer Ansichtskarte und in großer, leserlicher Schrift, er gibt sich Mühe, weil das ja kein Rezept ist und er mit möglichst wenigen Worten seine Pflicht, sich zu melden, erfüllen will.

Am Abend, nachdem Moritz im Casino zum Millionär geworden ist, hat Viktor eine Verabredung mit einigen Geschäftsfreunden und bittet seinen Freund mitzukommen. Als dieser abwehrt, das interessiere ihn nicht, er wolle lieber am Meeresufer spazieren gehen, neckt der Direktor, jetzt sei er doch reich, jetzt gehöre er zu ihnen.

»Bestenfalls kann ich deinen Leibarzt geben, so einer wie du braucht neben dem Fahrer auch einen Mediziner für seine Hofhaltung.«

Im Café de Paris erwartet sie schon Herr Delacroix, ein alteingesessener Monegasse, eine wichtige Person im kleinen Fürstentum, steinreicher Aktienbesitzer. Moritz versucht gar nicht, sich die übrigen Namen zu merken, da sind noch zwei Franzosen, der eine besitzt Warenhäuser, der andere ist an der Zuckerproduktion interessiert, er ist ein emigrierter Russe, angeblich Großfürst. Señor Gómez García ist Spanier, besitzt große Ländereien in Südamerika und ist mit einer Serbin verheiratet, sie ist die einzige Dame in dieser lauten Herrengesellschaft. Der lauteste jedoch ist ein Herr Edmund Hagen aus der Schweiz. Das Gespräch wird auf Französisch geführt. Es geht um Rohrzucker und die Frage, ob er in Europa eine ernsthafte Konkurrenz für Rübenzucker werden könnte, wie Saccharin, das künstliche Süßmittel, das angeblich gesund sein soll. Moritz glaubt, das sei der Punkt, an dem er als Arzt mitreden könnte, will etwas über seine Erfahrungen mit Diabetes und Insulin beitragen, aber das interessiert niemanden in der Runde. Madame Gómez García wirft ihm einen verständnisvollen Blick zu. Also beobachtet er die Straße, die fröhlichen, selbstzufriedenen, gut gekleideten Paare und die wenigen vorbeihuschenden, gehetzten, ärmlicher gekleideten Menschen. Er kann zufrieden sein mit sich und dieser Welt, obwohl er weiß, dass es auch Elend gibt.

Aufhorchen lässt ihn, als einer der Herren sagt, Kriegsgefahr schwebe in der Luft, und ein anderer antwortet, Kriege seien immer gut für das Geschäft, besonders wenn man mit Nahrungsmitteln handle, es beginne mit einem Mangel an diesem und jenem, man hortet Reserven, die Preise steigen. Diese Logik entsetzt Moritz und er beginnt wieder aufmerksamer zuzuhören und seine Tischgesellschaft zu beobachten. Die einzige Dame in der Gesellschaft holt gelangweilt eine schmale, goldene Zigarettendose aus ihrer großen Krokodilledertasche, drei der Herren springen mit ihren Feuerzeugen auf, Herr Hagen ist der schnellste. Sein Feuerzeug ist ebenfalls aus Gold und mit einigen kleinen sowie einem ziemlich großen Rubin besetzt.

»Danke, danke. Und alle Achtung!«, sagt Madame nach dem ersten Zug aus der Zigarette. Sie meint das funkelnde Spornrädchen.

Der Schweizer tut bescheiden, sagt in einem Tonfall, als wollte er sich entschuldigen, so etwas Wertvolles zu besitzen, es sei eine Okkasion gewesen, ein Gelegenheitskauf, und nennt den Preis, den er bezahlt hat.

»Ist fünfmal so viel wert und wird, falls der Krieg endlich ausbricht, noch zehnmal kostbarer sein. Das ist ein Einzelstück, Monsieur, ich kenne das Ding, es stammt aus dem

Laden meines Vaters, der ist Juwelier, und verkauft hat er es Herrn Leon Levi, der rechtzeitig aus Wien geflohen ist …«, sagt einer der Franzosen, und als ihn der Schweizer kopfschüttelnd und ein wenig erschrocken anschaut, fügt er hinzu: »So klein ist die Welt.«

»Nun, ja«, bestätigte Edmund Hagen etwas verwirrt. »Ich weiß, der Herr brauchte schnell Bargeld, er wollte nach Argentinien, wenn ich nicht irre, um es mit einer Straußenfarm zu versuchen …«

»Da irren Sie gewiss«, lacht der russische Großfürst, »eine Straußenfarm in Argentinien?«

Die ganze Tischgesellschaft ist belustigt.

»Dann war es vielleicht die Südafrikanische Republik, oder es ging um Schafe, oder was weiß ich …«

»Sie hätten ihm doch annähernd einen fairen Preis zahlen können«, sagt Delacroix, »er wusste genau, was er selbst für das Feuerzeug bezahlt hat«.

Nach einer peinlichen Pause nutzt Moritz die Gelegenheit:

»Sie sind ja näher an Deutschland, Herr Hagen, Sie wissen mehr über die dortige Entwicklung. Herr Levi glaubte fliehen zu müssen. Was ist wahr an der Verfolgung der Juden?«

Viktor schüttelt unzufrieden den Kopf, weil sein Freund dem Gespräch eine unerwünschte Richtung gibt, aber jetzt konzentriert sich die Aufmerksamkeit auf den Schweizer. Einen Schweizer mit deutschem Namen. Einen Deutschen aus der Schweiz. Französisch spricht er perfekt, aber ein winziger deutscher Akzent ist nicht zu überhören.

»Also, wissen Sie …«, beginnt Herr Hagen irgendwie ruhiger, weniger verlegen, das Thema scheint ihm immerhin mehr zu behagen als das Gespräch über das goldene, edelsteinbesetzte Feuerzeug. »Wenn Sie die Ereignisse vom vorigen

November nach dem Mord an einem deutschen Diplomaten in Paris von der Hand eines unseligen jungen polnischen Juden meinen – damals hat tatsächlich in manchen deutschen Städten der Mob die Macht übernommen. Man hat jüdische Bethäuser angezündet, Schaufenster zerschlagen, jüdische Geschäfte geplündert, sogar einige jüdische Bürger verprügelt. Das war schrecklich. Göring war nachher verzweifelt, allein wegen der Vernichtung von Volkseigentum und diesem Ausbruch von Wut, auch wenn sie aufgrund der Vorgeschichte einigermaßen verständlich waren. So etwas wird sich nie wiederholen. Allerdings ist das Zusammenleben von Deutschen und Juden tatsächlich etwas komplizierter geworden, viele deutsche Juden sehen das ein und haben angefangen, das Reich zu verlassen.«

»Jude hat wohl nicht gereicht, ein polnischer musste es sein!«, meint der Russe schmunzelnd.

»Ich bitte Sie, Hoheit!« Die Anrede mit dem Adelstitel ist wohl ironisch gemeint. »Die Polen sind schlimmere Antisemiten als die Deutschen. Sie als Russe wissen das doch am besten!«

Viktor hat sich dieses Treffen nicht so vorgestellt, er gibt dem Kellner ein Zeichen, stellt mit einem Blick fest, dass genügend Gäste am Tisch sitzen, um eine ganze Flasche Hennessy No. 1 zu bestellen, und doziert, den besten Weinbränden der Welt werde etwas Zucker beigesetzt – natürlich nicht um den Alkoholgehalt zu vergrößern, sondern weil er zur Farbe des wertvollen Getränks beitrage.

Man kann also wieder über Zucker reden und die Lage ist gerettet. Moritz nimmt anerkennend zur Kenntnis, wie groß Viktors diplomatisches Geschick ist. So wird man also reich.

Am nächsten Morgen sitzen die beiden alten Herren in einem Strandcafé, sie haben ja nichts anderes zu tun als aus einem Lokal ins andere zu wechseln, dem Vogelgezwitscher zuzuhören und zu überlegen, was sie bestellen sollen. Moritz fragt, warum der Freund die Diskussion über die Juden in Deutschland so abrupt abgewürgt hat.

»Es war nicht der richtige Ort, nicht der richtige Zeitpunkt und nicht die richtige Gesellschaft. Diese Gojim kümmern sich doch einen Dreck um uns Juden, außer wenn für sie selber gute Geschäfte mit uns in Aussicht sind.«

Den Kaffee findet Moritz hier besser als das Getränk gleichen Namens, das in den Gaststätten seiner Heimatstadt angeboten wird. Auch bei Patientenbesuchen ist es üblich, dass ihm ein Türkischer serviert wird, ihn abzuweisen wäre unhöflich. Doch keiner ist in der Lage, ihn so zu brauen, wie er ihn mag, so wie er ihn sich täglich nach dem Mittagessen zu Hause zubereitet. Es ist ein kompliziertes Ritual und er benötigt dafür eine Reihe von Instrumenten. An erster Stelle seinen Rechaud mit Spiritusflamme, die Kaffeekanne aus Quarzglas und den gläsernen Trichter, der in einem kurzen Rohr endet und den man auf die Kanne schraubt. Und natürlich der Messlöffel. In die Kanne kommt Wasser, auf den oberen Teil die genau bemessene Portion frisch gemahlenen Kaffees, dann entzündet er die Flamme. Das Wasser kocht, verwandelt sich in Dampf, dank dem Druck steigt es durch das Röhrchen hinauf, man kann den Vorgang beobachten, weil ja alles aus Glas ist. Jetzt wird die Flamme gelöscht, der Kaffee, der sich oben mit dem Wasser vermischt hat, fließt in die Kanne zurück. Der Vorgang ist insofern knifflig, als man ihn erst in dem Moment abbrechen darf, wenn das ganze Wasser verdampft ist, bleiben die Kanne und der Oberteil andererseits zu lange der Hitze ausgesetzt, kocht es über. Er widmet dieser Tätigkeit dieselbe Aufmerksamkeit wie den Untersuchungen von Patienten. Mehr als zwei kleine Tassen Kaffee auf einmal kann er nicht produzieren, aber mehr braucht der Doktor ohnehin nicht. Seine Frau weiß, dass sie sich nicht einmischen, ihn nicht ablenken darf, sie schweigt also ausnahmsweise fromm und wartet auf ihr Tässchen, um dann erst loszulegen.

Mitten in Moritz' Vortrag über die Vorzüge seiner Art der Zubereitung von Kaffee und in seinem Bedauern, dass er seine Utensilien nicht mitgebracht hat, dem Viktor gelangweilt zugehört hat, tritt ein unbekannter junger Mann an ihren Tisch. Er entschuldigt sich wortreich, murmelt seinen Namen und erklärt, es werde hier gerade ein deutscher Spielfilm gedreht, man wolle einen Schwenk über dieses Strandcafé machen, die beiden Herren in ihren feinen Anzügen aus Rohseide, mit den bunten Fliegen und ihren Strohhüten seien so überaus charmant, dass man sie furchtbar gerne im Bild behalten wolle, sie würden nur bis zu zwei Minuten zu sehen sein – ob sie freundlicherweise ihr Einverständnis geben wollten? Die alten Freunde blicken einander verwundert an, nicken, ja, wieso nicht. Dann möchten sie doch, bitte, einfach nur weiterreden und ja nicht in Richtung Kamera blicken. So bringt Moritz seine Rede über die einzig richtige Art, Kaffee zu brauen, zu Ende und später lachen sie über den Gedanken, dass zwei alte Juden aus Jugoslawien in einem Spielfilm in Nazideutschland zu sehen sein werden. Ob er später wohl auch in ihrer Heimatstadt in die Kinos gelangen und man sie erkennen könnte? Das wäre ein Stadtgespräch!

Um sich zu rächen, oder einfach nur um jetzt auch zu Wort zu kommen, hebt Viktor an, über die Zukunft der Zuckerfabrikation zu erzählen. Zuckerhüte kämen aus der Mode, die teurere Verarbeitungsweise setze sich durch, aber Moritz hört nicht richtig zu, überlegt, warum er diesem reichen Fabrikanten immer bedingungslos vertraut hat, ihn so sehr geschätzt, seine Vorschläge stets akzeptiert hat. Wenn einem etwas wehtut, einem übel wird, vergisst man alles andere und ruft den Arzt. Dann ist der Doktor der wichtigste Mensch auf der Welt, wichtiger als Eltern, Geliebte, Freunde, Pfarrer, Rabbiner, von Fabrikanten gar nicht zu reden, und er schmunzelt selbstzufrieden vor sich hin.

Ich schreibe auf dem Briefpapier des Hotels. Besser schreiben, als greisenhafte Selbstgespräche führen, aber keine Ansichtskarten. Dies hier ist an niemanden gerichtet. So kann ich einfach besser alles zu Ende denken, was mich quält, wähle meine Worte aufmerksamer. Beeilen muss ich mich nicht. Nie war ich ein besonderer Anhänger der Lehren des Professor Freud, aber … Was weiß ich … Selbstanalysen sollte man nicht versuchen, das ist klar.

Ich hätte nicht in Monte Carlo bleiben müssen. Nicht bleiben dürfen? Auf keinen Fall durfte ich das. Ich hätte mit Viktor in seinem Packard wieder nach Hause fahren sollen. Wieso bereue ich es trotzdem nicht? Er sagte, ich könne meinen Casinogewinn in Form von Schecks mitnehmen und dann in Ruhe entscheiden, wie ich das Geld anlegen wolle, er würde mich gerne beraten. Gerade das aber wollte ich nicht. Auf keinen Fall! Ich setzte mir in den Kopf, dass ich diesen unerwarteten Reichtum hier loswerden soll, hier ausgeben muss. War dieser seltsame Zufall am Roulettetisch kein Zeichen? Bin ich abergläubisch geworden? In meinem Alter? Keinesfalls will ich Geld anlegen. Das wäre nicht mein Stil. Wozu auch? Es wäre doch wieder eine Art von Glücksspiel. Für meine Art zu leben verdiene ich ausreichend, ich habe genug. Meine Kinder sind erfolgreich, sie brauchen keine große Erbschaft.

Oder fürchte ich, es könnte falsch sein, dieses Geld nach Hause zu bringen? Dieses fremde, nicht mit ehrlicher Arbeit verdiente Geld? Quatsch. Das nun doch nicht. Das wäre nur eine Ausrede. Ich mag einfach nicht so schnell zurück ins alte Fahrwasser. Soll ich zugeben, dass ich genug habe von meinem alten Leben? Meinem ganzen alten Leben? Nein, nein, nein, nein, ich will es nicht loswerden, ich bin zufrieden mit mir, ich unterschätze mich selber auf keinen Fall, aber für eine kurze, kurze Zeit, bitte, will ich noch etwas anderes.

War ich zu leichtsinnig? Der Krieg drohte schon. Als er begann, war Viktor bereits zu Hause. Zuerst wurde das arme Polen zerschlagen, zwischen Deutschland und der Sowjetunion aufgeteilt, aber im Westen passierte erst einmal fast nichts – die Franzosen nannten das Geschehen drôle de guerre, einen seltsamen Krieg. Ich habe nicht richtig begriffen, was geschah, mich überhaupt nicht bedroht gefühlt, ich wollte auch weiterhin meinen unerwarteten Gewinn an Ort und Stelle loswerden. Im neutralen Monaco. Also zog ich in eine elegante Suite um, um schneller mehr auszugeben. Damals hätte ich noch problemlos nach Hause fahren können. Die Eisenbahn verkehrte noch über Italien. War ich unbedacht? Ist Viktor schon deshalb gescheiter und vorsichtiger, weil er aus der Tschechoslowakei stammt? Seine Heimat wurde als erstes Land zerstückelt. Wusste er oder fühlte er zumindest, wie sich die westlichen Staaten auch weiterhin verhalten würden, als sie zuließen, was Hitler mit seinem ersten Vaterland tat, mit Österreich? Nein, nein, Viktor lief nur seinen dringenden Geschäften nach. Bin ich meinen Patienten untreu geworden, liebte er sein Geld mehr als ich die kranken Leute, die mir vertrauten? Nein, es gibt genug junge, gute Ärzte in der Stadt. Wahrscheinlich bessere als mich. Dann ging es Schlag auf Schlag und die Deutschen marschierten in Paris ein, aber Jugoslawien blieb weiterhin neutral. Ich bin ja Jugoslawe, habe einen gültigen jugoslawischen Reisepass, fühle mich nicht in erster Linie als Jude, das Judentum hat mich nie besonders interessiert. Es war bequem, diesem Herrn aus der Schweiz Glauben zu schenken, dass es in Deutschland selbst nicht so schlimm kommen würde wie befürchtet.

Habe ich mich zu schämen, weil ich mich meiner augenblicklichen Bequemlichkeit so hingebe? Wird sich das rächen? Bin ich ein Sünder? Mea culpa, sagen die Katholiken. Mea maxima culpa. Aber es ist so schön in Monte Carlo! Die See. Der südliche Himmel. Die Farben. Die Düfte. Die Natur. Meine Suite. Die höflichen Kellner. Mit einem bin ich sogar schon ein wenig befreundet. Oder er spielt seine Zuneigung zum Gast sehr gut. Mein Geld gebe ich immer noch zu langsam aus. Darf ich sagen, dass ich das Leben genieße, obwohl mich auch Sorgen plagen? Warum kann ich die Sorgen nicht loswerden, obwohl ich weiß, dass sie nicht weiterhelfen, dass man sich nicht sorgen soll, sondern etwas tun. Es gibt nichts Gutes, außer man tut es, hat Erich Kästner geschrieben.

Ob die an der Rezeption aufgrund meines Nachnamens wissen, dass ich Jude bin? Eigentlich ist er nicht verräterisch, wer soll hier wissen, dass Karpaty die Magyarisierung von Kohn ist? Das vielleicht nicht, aber den Juden erraten sie. Wenn sie es nicht mit Sicherheit wissen, ahnen sie es.

Wie lange wird Monte Carlo für uns sicher sein? Das Fürstentum Monaco ist ein neutraler Staat. Wird es hoffentlich auch bleiben. Ein angenehmer Ort für reiche Fremde. Arme Leute mag man hier nicht. Aber wie lange wird meine Heimat sicher sein für meine Lieben und ich ausreichend wohlhabend?

Meine Rezepte konnten über Leben und Tod entscheiden, ich habe gelernt, ohne Zögern zu handeln, ich habe in meiner Praxis lebenswichtige Entscheidungen oft schnell fassen müssen. Jetzt jedoch, wo es mich angeht, weiß ich nicht, was ich tun soll. Erst einmal nachfragen, welche Schiffe wohin gehen, nach Italien oder über Spanien, über Griechenland? Was würde ein Taxi nach Jugoslawien kosten?

Was für ein Zauderer ich doch geworden bin auf meine alten Tage!

Monte Carlo lebt, als gäbe es kein Unheil auf der Welt. Vorerst. Für die See, für Ebbe und Flut, das Flimmern der Sonnenstrahlen auf den Wogen und den Mondschein über den Palmen, die bunten Liegestühle am Strand, die rot karierten Tischtücher in den Bistros und Cafés wird sich nichts ändern, gar nichts. Für den Himmel nichts, wenn sich am Abend das südliche Blau zurückzieht, im Westen noch einmal der große rote Ball der Sonne aufflammt, dann das Bläulichgraue dem Dunkel der Nacht Platz macht, damit die Sterne besser zur Geltung kommen können. Meine alten Banater Augen können sich nicht sattsehen an diesem Farbenspiel, den seltenen Bäumen und exotischen Blumen, das ist für mich nicht dasselbe wie durch Akazienzweige oder die Äste der Maulbeerbäume auf den Himmel zu schauen, wofür ich eigentlich zu Hause nie Zeit gehabt habe. Nicht gehabt habe oder mir nicht genommen habe? Und jetzt nehme ich mir sogar Zeit, über das alles zu schreiben. Dabei bin ich doch Mediziner und kein Poet. Der Himmel ist eine Täuschung. Ein Nichts. Uns scheint, er habe eine Farbe, aber oben ist Luft, dort fliegt Auguste Piccard mit seinem Ballon, und noch darüber sehen wir manchmal Sternschnuppen. Mich geht nur an, was ich mit meinen Sinnen erfassen kann, sehen, riechen, hören, ertasten. Nein, doch auch mehr oder zumindest detaillierter, wie der Kaffee schmeckt, der Cognac, das Cassoulet und die Fruits de mer oder die Crème brûlée. Und noch mehr was ich denke, fühle.

Palmen. Sie zu sehen ist für mich fast gleichbedeutend mit Abenteuer – aber über zwei Meter hoher Kukuruz, der gelbe Urwald meiner Heimat, die goldenen Weizenfelder mit den vielen roten Punkten des Klatschmohns, grüne Melonen auf schwarzer Erde, tief über trübes Wasser gebeugte Trauerweiden, ein manngroßer Riesenwels, aufgehängt auf dem Zweig einer Akazie – für die Hiesigen, die Monegassen, die so etwas nie gesehen haben, mag das genauso exotisch sein wie für mich ihre Welt. Was mir vertraut ist, ist für andere unnahbar gefährlich. Exodus heißt auf Griechisch das zweite Buch Mose, die Flucht der Juden aus Ägypten, der Auszug. »Ex« schreiben wir Ärzte, wenn wir den Tod meinen.

Moritz wäre nie von selbst auf die Idee gekommen, nach Monte Carlo oder sonst wohin zu fahren, nie. Das war Viktors Vorschlag gewesen. Es ist höchste Zeit für uns, meinte der alte Freund, einmal noch wollen wir kurz Abstand nehmen von unseren Pflichten, unseren Familien, dem ewigen Alltag. Sie würden mit seinem Packard fahren, dem größten Auto in ihrer Stadt. Natürlich würde der Chauffeur der Zuckerfabrik den Wagen lenken. Weder Moritz noch Viktor wäre es je eingefallen, einen Wagen selbst zu lenken. Herrenfahrer war für sie ein abwertender Begriff. Für die Generation ihrer Kinder nicht mehr. Wer seine Uhr statt an der goldenen Kette in der Westentasche am Handgelenk trägt, der fährt sein Auto selber.

Unruhige politische Zeiten? Dieser Hitler? Ein Grund mehr, bald zu reisen. Vielleicht wird es bald so schrecklich in Europa sein, dass man nirgendwohin fahren kann, sagte Viktor. Moritz ließ sich überzeugen.

Der Freund war aus Böhmen mit fremdem Kapital in die Stadt am Bega-Kanal gekommen, um eine Zuckerfabrik zu bauen und für den Anbau von Zuckerrüben zu sorgen. Gleichzeitig mit den Hallen der Fabrik, dem hohen Schornstein, der nun das Stadtbild prägte, errichtete er Wohnungen für die Arbeiter, Wohnhäuser für leitende Ingenieure und für sich die schönste und größte Villa weit und breit, zeitgemäß im Stil der Secession und mit roten Backsteinmauern. Es war fast eine kleine Stadt, mehr als eine Industrieanlage. In elf Monaten, vom Oktober 1910 bis zum September 1911, war alles fertiggestellt. Viktor hatte auch eigenes Geld investiert, war Hauptaktionär und Herr über alles.

Natürlich musste eine solche Fabrik eine eigene Ambulanz haben. Viktor hatte gleich nach seiner Ankunft in der Stadt von Moritz als tüchtigem jungem Arzt gehört und ihn zum Abendessen in das Hotel Rozsa eingeladen, in dem er, auf die Fertigstellung seines Hauses wartend, eine Suite bezogen hatte. Man fand Gefallen aneinander, die beiden Herren waren nicht nur Juden, sondern auch Freimaurer, und so wurde der junge Doktor Karpaty mit der Organisation des zukünftigen Gesundheitswesens der Zuckerfabrik betraut. Natürlich verkehrte man bald auch familiär miteinander. Die Gattinnen saßen oft mit anderen Damen unter ihren großen Hüten im Café Rozsa oder in der Konditorei, in Mode waren sogenannte Indianerkrapfen, die keineswegs dazu beitrugen, die einst schlanken Taillen zu retten. Die Kinder gingen zwar altersbedingt in unterschiedliche Schulklassen, die kleinen Karpatys kamen jedoch gerne in die Direktorenvilla, wo es auch einen Raum mit Sportgeräten gab, obwohl noch niemand wusste, dass sie in der Zukunft Fitnessgeräte heißen würden. Die Kinder sammelten die Bälle ein, wenn die Erwachsenen Tennis spielten, bewunderten den großen Papagei im Salon und die zwei Rehe in einem Gehege im Park der Villa.

Viktor war häufig auf Reisen im In-, öfter noch im Ausland, geschäftlich oder privat – er musste niemandem darüber Rechenschaft ablegen, er war in jeder Hinsicht sein eigener Herr. Jedes Mal kehrte er mit kleinen Geschenken zurück, feinen französischen Seifen oder Parfums für die Damen, Spielzeug oder Büchern für die Kinder, und für seinen besten Freund ägyptische Zigaretten.

Moritz nahm sie höflich an, dabei rauchte er kaum. Ein wenig war es ihm peinlich, weil er nicht wusste, wie er sich revanchieren sollte. Auf seine Hochzeitreise war er seinerzeit dank eines Teils der Mitgift gefahren, die Flitterwochen hatten sie am ungarischen Balaton verbracht, sonst war er nach seinem Studium in Budapest nirgendwo gewesen, er kannte die Welt nicht, war auch nicht besonders neugierig auf sie. War sie anders als in Romanen? Wohl kaum. Mit dem Rest seiner Mitgift hatte er seine Ordination und seine Wohnung eingerichtet. Irgendwohin auf Urlaub zu fahren war ihm stets überflüssig erschienen. Und jetzt sitzt er auf seine alten Tage in Monte Carlo. Wie im Traum.

War er in Viola verliebt gewesen? An der azurblauen Küste hat er zum ersten Mal seit der Hochzeit Abstand von seiner Frau. Gefallen hatte sie ihm. Gewiss. Ein anständiges Mädchen aus gutem Haus. So nannte man das. Selbstverständlich eine Jüdin. Eine Schickse zu nehmen, wäre ihm nie eingefallen. Damals nicht. Und heute? War sie in ihn verliebt gewesen? Als Jahrzehnte danach seine Tochter ihm einen jungen Mann als ihren zukünftigen Bräutigam vorstellte und Moritz das Thema Mitgift ansprach, lachten ihn die jungen Leute aus, erklärten, sie heirateten aus Liebe. Für Moritz war Liebe eher ein Wort aus Opern und Romanen, nicht aus dem realen Leben.

Während der zwei Wochen am Ufer des Balaton hatte er sich einmal mit dem herben Weißwein Badacsonyi Kéklevelű betrunken, später nie mehr, in Gesellschaft trank er gerade so viel, um nicht aufzufallen. Bisher hatte er gemeint, er dürfe seine Patienten nicht im Stich lassen, niemals, obwohl es in der Stadt immer mehr Ärzte gab, die ihn vertreten konnten. Das war sein Entschluss, er hielt es für seine Pflicht, da zu sein. Der Sinn des Lebens ist es, seine Pflicht zu erfüllen. Vielleicht war er nur zu feig, irgendetwas Neues zu versuchen, den gewohnten Trott zu ändern? Ein anderes Leben als das seine hatte er sich nie vorgestellt, wie es so heißt, nicht einmal im Traum, und jetzt?

Seine Kinder teilten die meisten seiner Ansichten gar nicht. Es waren brave Kinder. Waren sie es? Sie waren Violas Sorge. Hatte er sich genug um sie gekümmert? Sie waren bald eigene Wege gegangen, er hatte es zur Kenntnis genommen wie den Wechsel der Jahreszeiten. C'est la vie. Das Leben war so wie es war. Wo man als Arzt Einfluss hat, soll man sich bemühen, aber das Weltgeschehen muss man einfach nur zur Kenntnis nehmen. Sein jüngster Sohn war mit seiner Frau im Flugzeug nach Paris geflogen. Jeden Sommer fuhr er auf Urlaub nach Slowenien oder an die Adriatische Küste. Eine andere Welt. Das Wichtigste, manchmal sogar Aufregendste, war für ihn nicht die Familie, es waren neue medizinische Instrumente, neue Medikamente. Moritz hatte alle wichtigen Fachzeitschriften abonniert.

Gerne badete er im Bega-Kanal, Wasser ist Wasser, sagte er damals, H_2O – dass es immer mehr Industrieabwässer gab, wusste er besser als die meisten anderen Badegäste, aber was konnte er dagegen tun? In der Zuckerfabrik für Hygiene sorgen. Viktor nahm seine Vorschläge immer ohne Weiteres zur Kenntnis, aber sonst? Der alte Doktor trug einen für die neue Zeit altmodischen schwarzen, einteiligen Badeanzug, sprang jedoch elegant vom Sprungbrett in das trübe Gewässer. Die Telefonzentrale wusste immer, wo er zu erreichen war. In der kleinen Stadt kurbelte man noch am Apparat und musste dem Fräulein von der Vermittlung die Nummer ansagen, die man wünschte, oder den Namen. Die meisten Nummern kannte das Fräulein vom Amt ohnehin auswendig, das Telefonbuch war schmal.

Leo, der älteste Sohn des Doktors, wurde noch als Leo

Kohn geboren, erst danach magyarisierte Moritz seinen Familiennamen auf Karpaty. Leo spielte als Kind gern mit dem Telefon, rief grundlos die Zentrale an, zerlegte den Apparat, konnte ihn natürlich nicht wieder richtig zusammensetzen, ein neuer musste gekauft werden. Zur Strafe durfte er zwei Monate lang nicht ins Kino – aber mit den Resten des zerstörten Apparats, die ohnehin nichts mehr wert waren, spielte er weiter. Zum Entsetzen der Familie gelang es ihm nicht, das Abitur zu machen, also ging er bei einem Elektromechaniker in die Lehre. Moritz war traurig, zwei Tage lang missmutig und noch schweigsamer als sonst, jedoch, wie schon festgestellt, c'est la vie.

Direktor Viktor war ebenfalls keineswegs glücklich mit seiner einzigen hübschen, klugen Tochter, die etwas zu früh begann, sich für junge Männer zu interessieren, und zwar weitaus mehr, als es sich für anständige jüdische Mädchen schickt. Auch mit Kokain hatte die junge Dame bereits Bekanntschaft gemacht. Da hatte Moritz besser gelungene Kinder. Gelungene? So sagte man. Ihm waren sie also mit Viola gelungen. Die beiden alten Freunde vermieden Gespräche über ihre Kinder.

Seinen Pflichten nachzukommen unterscheidet den Menschen vom Tier. Dr. Moritz Karpaty hält es für seine Pflicht, ein guter Vater und Großvater zu sein. In Monte Carlo, wo er jetzt zu viel Zeit zum Nachdenken hat, ist er unsicher geworden, ob er in dieser Hinsicht seine Pflichten erfüllt hat. Natürlich liebt er seine Kinder, das ist jedoch keine Pflichtausübung. Es gelingt ihm nie, seine Liebe auszudrücken. Schon gar nicht mit Worten. Wäre es seine Pflicht, das zu können? Er kann sich nicht erinnern, je »Ich liebe dich« gesagt zu haben. Auf Ungarisch »Szeretlek«. »Je t'aime« klingt viel romantischer. Für ihn. Für Französinnen wäre vielleicht ein zu Zigeunermusik geflüstertes »Szeretlek« aufregender. Moritz hat diese Worte nicht einmal ausgesprochen, als er um die Hand seiner Frau anhielt, sie küsste, liebkoste. Kinder zeugte. Das war doch keine Pflichterfüllung. Oder doch? Das auch? Man erwartete es von ihm. Wer erwartete das? Seine Eltern, Schwiegereltern, die Umgebung, die Mitbürger. Hat er die Pflicht, ein guter Ehemann zu sein, erfüllt? Aufmerksam zu Viola ist er immer gewesen, höflich, Zank hat es zwischen ihnen nie gegeben. Hinsichtlich ihrer übertriebenen Kaffeehausbesuche, ihrer Tratschpartien, sinnlosen Einkäufe insbesondere von großen, lächerlichen Hüten, hat er sie gewähren lassen, hat nicht kritisiert, dass sie den Haushalt den Dienstboten, die Kindererziehung zum größtem Teil dem Kindermädchen überließ. Er hatte keine Zeit sich einzumischen. Oder wäre es richtiger zu sagen, er hat sich keine Zeit dafür genommen, nicht ihretwegen die Erfüllung anderer Pflichten vernachlässigt? Um Gottes willen!

Das alles geht ihm pausenlos durch den Kopf, wenn er seinen Aperitif im Café de Paris auf der Place de Casino einnimmt. Die Straßenbeleuchtung unterbricht die schöne Abenddämmerung, die südlichen Sterne auf dem wolkenlosen Himmel leuchten plötzlich auf, als hätte sie jemand angeknipst. Ist es eine schwere Pflichtverletzung, dass er weiterhin hier sitzt? Ist er ein mürrischer Greis geworden? Schon ein Greis? Allerdings. Und so beobachtet er die Passanten, verliebte Paare, eilige Bürger, kichernde Mädchen zu zweit, zu dritt. Ihre Stimmen im Vorübergehen klingen hell. Es ist so schön, junge Französinnen französisch plappern zu hören. Diese Melodie! Auch hüftenschwingende Frauen gehen langsam vorbei. Ziemlich langsam. Die meisten mit recht aufrechter Haltung. Stolz? Sind es Prostituierte? Kann man von Huren sagen, dass sie stolz spazieren?

Nie im Leben hat er mit einer Prostituierten geschlafen, nie. Die Frauen beobachtend, ihnen nachstarrend, sich an ihren lauten Gesprächen erfreuend, fühlt er sich als Mann. Doch noch kein Greis? Hat ihm irgendwann jemand gesagt »Ich liebe dich«? So nicht. Auch Viola nicht. Wie würde es klingen, wenn eine Französin zu ihm sagen würde: »Je t'aime«? Oder besser noch auf Deutsch, das würde dann so klingen: »Isch liebe disch.« Das wäre etwas, auch wenn es nur für Bezahlung gesagt wäre. Soll er es versuchen? Einmal doch im Leben? So wie er dageblieben ist, in Monte Carlo? Versuchen könnte er es. Jetzt. Sicher wäre es nicht besonders teuer. Dann schämt er sich, dass er sich das überhaupt vorgestellt hat. Für einen Augenblick. »Ti amo!« Klingt auch gut. Das könnte er einer solchen sagen, während sie vorbeischlenderte. Oder »Ja vas lyublyu«, denn vielleicht ist es eine russische Großfürstin, die sehr gute Mädchenschulen besucht hat, bevor sie mit den Eltern vor der Oktoberrevolution geflohen ist. Oder man hat ihre Eltern umgebracht. Und dann ist sie allein geblieben, ganz allein, und konnte nicht leben davon, dass sie Klavierspielen, Französisch gelernt hat und sogar Latein und Kunstgeschichte, nicht leben von Erinnerungen an die Kindheit, ihr Schloss, ihre Villa am Schwarzen Meer. Das sind doch nur Leibesübungen, tröstet sich die Hure, denkt Moritz. Wie alt kann sie sein? Um die vierzig. Na und? Da kann man noch recht gut aussehen. Und er mit über siebzig? Nun ja, fast achtzig. Einmal versuchen, sie auf einen Dubonnet einzuladen und für den Preis, den sie nennen würde, nur ein Gespräch über die guten, alten Zeiten führen.

Es wäre schön, mit jemandem über die guten, alten Zeiten zu sprechen. Zu sprechen, nicht nur zu denken.

Er ruft den Garçon, bestellte sich noch ein Gläschen. Ist es nicht beleidigend für einen älteren Herrn, dessen Beruf es ist, Gäste in einem Kaffeehaus, Restaurant oder Bistro zu bedienen, Garçon zu rufen, Junge, wie die Sklavenhalter ihre Schwarzen ohne Rücksicht auf ihr Alter Boy gerufen haben? Wahrlich, er hat zu viel Zeit, über Nichtigkeiten nachzudenken. Moritz weist sich selber zurecht, so ist es nun einmal hier in dieser Sprache, so ist es Sitte. *'S ist mal bei mir so Sitte, chacun à son gout,* singt der russische Prinz Orlofsky in der »Fledermaus«. Eine Hosenrolle. Das könnte also die Ex-Großfürstinnentochter und Hure auch singen.

Ein kleiner, stechender Zahnschmerz. Der Kellner lächelt, er hat schöne Zähne, jung ist er nicht, aber sicher viel jünger als Moritz. Moritz ruft ihn jetzt mit einem Wink zu sich, bittet um Entschuldigung, ob er ihn etwas ganz Persönliches fragen dürfe? »Bitte, Monsieur«, antwortet der Kellner gleichgültig. Er habe doch so wunderschöne Zähne, wie pflege er sie? »Gar nicht, Monsieur«, erklärt er, er esse Äpfel. Schon von Kindheit an. Mehrere Äpfel am Tag, er wasche sie flüchtig und beiße hinein. Und sein Zahnfleisch blute nie danach? Nie, sagt der Kellner höflich, aber schon ein wenig ungeduldig, er muss auch andere Gäste bedienen. Moritz hat Äpfel stets geschält und in feine Häppchen geschnitten. Es ist natürlich zu spät, jetzt noch mit so einer Behandlung, wie der Kellner sie beschrieben hat, anzufangen, also bittet er um ein Aspirin oder etwas Ähnliches. Er bekommt die weiße Tablette auf einem kleinen Teller, der auf einem größeren silbernen Tablett liegt, wie es sich für ein erstklassiges Kaffeehaus in Monte Carlo gehört.

In seiner Heimatstadt hatte ein Kollege vor zehn Jahren seine dreißig Jahre jüngere Mätresse, eine Schauspielerin, umgebracht, weil sie ihn verlassen wollte, einen jüngeren, ärmeren, aber sicher sexuell attraktiveren Mann gefunden hatte. Der Kollege war ein brillanter Chirurg gewesen, bekannt in der ganzen Region. Mit einem Skalpell schnitt er der Frau chirurgisch sauber die Venen durch, spritzte sich selbst eine Überdosis Morphium und starb, seine Geliebte in den Armen haltend, neben ihr. Ist es das, was man Liebe nennt?

Moritz hat ihn gut gekannt. Die Ärzte der Stadt trafen sich jeden Donnerstag zu einem gemeinsamen Abendessen, Gastgeber war jedes Mal ein anderer. Wer eine ausreichend große Wohnung besaß, lud nach Hause ein, sonst in ein Restaurant oder in den Saal der Brauerei. Man scherzte, tauschte Erfahrungen aus, tratschte. Einmal fragte ein älterer Kollege einen jüngeren, einen Gynäkologen, ob es ihm denn nicht langweilig werde, sich tagsüber mit weiblichen Geschlechtsorganen zu beschäftigen und nachts noch Bars und Freudenhäuser zu besuchen, wo doch das Erstere ihm bezahlt wurde, das andere jedoch auf seine Rechnung gehe. Er antwortete, wenn ihn »diese Dinge« nicht interessiert hätten, wie er sich ausdrückte, hätte er eine andere Fachrichtung gewählt. Diese beiden Kollegen töten bestimmt niemanden und schon gar nicht würden sie sich aus Leidenschaft selbst umbringen. Moritz war damals zusammengezuckt und hatte zu überlegen begonnen, warum sich sein jüngerer Sohn, sein Liebling, David, auf Dermatologie und Venerologie spezialisiert hatte. Niemals hatte er ihn gefragt, warum er sich für die Heilung von Geschlechtskrankheiten entschieden hatte.

Der Skandal um den Mörder und Selbstmörder wurde vertuscht. Die Zeitungen berichteten, die Schauspielerin sei nach einer Appendizitis destructiva, einem Blinddarmdurchbruch, gestorben, der Chirurg nach einem Herzinfarkt, wahrscheinlich im Stress seiner hingebungsvollen Tätigkeit. Nur die wenigsten kannten die Wahrheit. Die Polizei und die Stadtverwaltung schlossen sich der Version an, so konnte der Pope das feierliche Begräbnis des verehrten Doktors und angesehenen Mitglieds der Kirchengemeinde großartig zelebrieren, einen Selbstmörder hätte er nicht mit seinem Segen bestatten dürfen.

Moritz begriff damals diesen Ausbruch von Leidenschaft bei einem Arzt, Intellektuellen, einem bis dahin hochgeschätzten friedlichen Bürger, überhaupt nicht. Was für ein noch so schöner Frauenkörper treibt dich in den Tod, wenn er dir doch nie mehr gehören kann, du ihn nicht mehr fühlen wirst können? Natürlich hatte auch er unzählige nackte Frauen gesehen, meist alte, hässliche, runzelige, schlaffe. Hübsche junge Frauen kamen selten zum alten Doktor. Wieso, überlegt Moritz, fällt ihm dieses Ereignis gerade jetzt ein? Tödlich kann man nicht nur auf der Opernbühne lieben, sondern auch in einer Kleinstadt im Banat. Nein, verstehen kann er es nicht und nicht, aber er spürt ein Bedauern, dass er es sich nicht einmal vorstellen kann, niemals so eine Leidenschaft erlebt hat. Ist sein Leben deshalb ärmer? Ärmer gewesen? Ist es endgültig zu spät? Ja, gewiss. Oder doch nicht. Eros und Thanatos. Freuds Theorie vom Lebenstrieb, die Leidenschaft, die Lust als Gegenpol zum Todestrieb. Hat er den Seelendoktor richtig verstanden, richtig im Gedächtnis behalten? Also der Tod nicht als Knochenmann mit Sense, sondern als Mädchenleib, der dich verrückt macht? Nicht die keusche Eva, aus der Rippe des Mannes erschaffen, der auf ihr liegt, sondern die ältere, die Göttin Lilith, die auf ihm reitet.

Er beschließt, kein drittes Getränk mehr zu bestellen, unterwegs wird er in Erinnerung an die Frucht der Erkenntnis einige Äpfel kaufen und sich ins kühle Bett in der teuren Suite des berühmten Hotels am Ufer des palmengesäumten Meeres begeben und sich schlafen legen.

Moritz hat aufgehört, die Tage zu zählen. Alle gleichen einander. Der Wechsel der Jahreszeiten ist nicht besonders aufregend, wenn man in einem sehr guten Hotel wohnt. Meereswellen rollen jetzt im Spätherbst heftiger im Hafen auf den Kai, da ist kein schönes Blau mehr an wolkigen Tagen, sondern drohendes Dunkelgrau am Himmel, die See ist noch dunkler, als wäre sie verärgert, böse. Dann und wann ertönt ein Donnerschlag, ein Blitz durchschneidet den Himmel, mitunter jedoch durchzuckt das Gewölbe oben auch ein rotgoldener Sonnenstrahl. Das alles ist genauso interessant wie es der frühherbstliche Azur gewesen ist. Für die herbstlichen Spaziergänge ist Moritz allerdings nicht gerüstet, er hat keine entsprechende Garderobe mitgebracht, also fragt er an der Rezeption nach einem guten Herrenschneider, wählt Stoffe aus, schottischen Tweed, einen dunkelblauen und zwei unterschiedlich dezent karierte und bestellt drei Anzüge mit Weste. Auf die Frage nach seinen Vorstellungen lautet die Antwort, er habe keine besonderen Wünsche, nehme gerne Vorschläge des Experten entgegen – aber konservativ, dem Alter entsprechend, bitte. Als müsste er sich entschuldigen fügt er hinzu, er habe nicht damit gerechnet, hier zu überwintern.

»Kein Problem, Monsieur, sie sind nicht der Einzige …«

Sollte er auf die unverschämte Bemerkung antworten, das gehe den Meister nichts an, etwa sagen, er habe nicht gefragt, ob er »der Einzige« sei? Er schluckt seinen Ärger lieber hinunter, man soll nicht unangenehm auffallen, das hat man als Jude gelernt. Handwerker sind oft redselig. Vielleicht ist es ja sogar gut, dass er »nicht der Einzige« ist, nicht der einzige Fremde, der plötzlich warme Kleidung braucht und Geld hat, sie zu bezahlen? Bedeutet es, dass viele Juden ohne großes Gepäck im neutralen Monaco angekommen sind, oder was sonst? Da er nur einen leichten Trenchcoat mithat, lässt er sich auch gleich einen Wintermantel aus dunkelgrauem Wollfilz mit schwarzem Seidenkragen nähen, den Vorschlag, auch einen aus Kamelhaar dazu zu bestellen, lehnt er dankend ab, sagt nicht, er fürchte, das wäre zu auffällig, sondern:

»Das passt nicht zu meiner Figur, guter Mann.«

Der Meister zuckt die Achseln.

Liebster Moritz,
Mein getreuer Ehegatte,

Schreibe mir doch bitte, dass Du es bist und ewiglich bleiben wirst, mein Getreuer. Ist dieses Monte Carlo nicht ein Sündenbabel? Ich glaube, so etwas gehört zu haben. Aber das geht mich nichts an. Geht es mich nichts an? Man sagt doch: Was ich nicht weiß, macht mich nicht heiß …

Es steht Dir zu, einmal im Leben als Mann Urlaub zu machen, aber ich sehne mich so nach Dir, mein bester Moritz. Bleibe, solange Du Lust hast, aber komm so schnell wie möglich, um mich in die Arme zu schließen. Oft habe ich Angst. Besonders nachts alleine in unserem Schlafzimmer. Wie schläfst Du dort?

Dein fauler Sohn lässt grüßen, er hat viel zu tun, aber etwas mehr Zeit für seine arme Mutter sollte er haben, nicht wahr?

In ewiger Liebe Deine
Viola.

Was soll man auf solche Phrasen antworten? Wie ernst meint sie, was sie schreibt? Eine Ansichtskarte muss wieder als Antwort genügen, aber er sollte einen richtigen Brief schreiben. Einen Liebesbrief. Wenn das so einfach wäre …

Moritz gibt sein Geld mit beiden Händen aus, will es loswerden, um endlich nach Hause reisen zu dürfen, als ob er sein sich selbst gegebenes Versprechen, den unerwarteten Spielgewinn an Ort und Stelle vollständig auszugeben, nicht jederzeit brechen könnte. Vielleicht hat er Angst vor dem Tag, an dem er entscheiden muss, wohin er fahren soll und wie. Nach Jugoslawien? Mit welchem Schiff? Oder gehen die Züge noch? Auf welchen Umwegen? Nach Amerika zur Tochter und Viola nachkommen lassen? Aber wie, wie? Auf die Idee, dass man gar nicht ohne Weiteres in die Vereinigten Staaten einreisen kann, kommt er gar nicht. Überwintern an der Mittelmeerküste? Hat er das nicht verdient auf seine alten Tage?

Gespräche mit dem Schneider, dem Kellner, dem Friseur, bei dem er sich die Haare schneiden lässt, kleine Einkäufe, weiße Taschentücher, ein teures Rasiermesser, die Schneide aus Silberstahl, der Griff aus Olivenholz.

Tag für Tag, Nacht für Nacht dasselbe. Er ist nicht mehr überrascht, dass er in einem Hotelbett in Monte Carlo aufwacht, die vornehme Suite ist ihm nicht mehr fremd, sondern beinahe ein Zuhause. Beinahe! Das mit Marmor und feinen Kacheln ausgelegte Badezimmer ist viel größer als in seiner Wohnung in der Heimatstadt. Vor dem Kristallspiegel stehend schaut er das eigene alternde Gesicht verwundert an, bin das tatsächlich ich? Er rasiert sich jeden Morgen sehr aufmerksam und nimmt wahr, dass seine Hand die Klinge sicher führt, er könnte notfalls noch operieren. Wirklich? Dann wählt er, nach einem Blick durch das Fenster auf die See, je nachdem, ob Wolken am Himmel stehen oder die

Sonne mit südländischer Energie strahlt, den Anzug für den Tag, die passende Fliege. Als wäre es wichtig, wie er zum Frühstück erscheint. In einer Ecke des Wandschranks fällt der Blick auf den schwarzen Badeanzug, den er mitgenommen hat. Er hatte ja gedacht, dieses Monte Carlo liegt am Meer, vielleicht gibt es Gelegenheit zu baden. Die ist nicht aufgetaucht. Noch nicht? Jetzt hat er sich für den Winter ausgerüstet, das ist wenigstens eine Abwechslung gewesen.

Die getragene Wäsche und den Pyjama legt er in das Säckchen in den Wandschrank, damit sie zur Reinigung abgeholt werden, die geputzten Schuhe warten morgens vor der Tür. Nun kann er die zwei Treppen hinunterspazieren oder den Aufzug nehmen und einige Worte mit Kellner Philippe wechseln, wobei unwichtig ist, was sie einander sagen, genauso unwichtig war freilich auch, was er jahrzehntelang mit seiner Frau am Frühstückstisch besprochen hat. Besprochen? Sie redete und er hörte nicht zu, sondern überlegte, welche Patienten angesagt waren, ob es in der Ordination Überraschungen geben werde. Hat er den Kellner in Gedanken mit seiner Gattin verglichen? Mit der Frau, mit der er drei Kinder hat, mindestens fünf Enkelkinder, vielleicht mehr, weil er vom ältesten Sohn gar nichts weiß? Gar nichts. Ist das nicht schrecklich? Abscheulich? Er hätte mehr tun sollen, um alles über ihn in Erfahrung zu bringen. Alles! Was ist alles? Wie lebt er? Früher hat er sich nicht so große Sorgen um ihn gemacht. Vielleicht sollte er eine Detektei engagieren. Aber von hier aus? Wahrscheinlich wäre es nicht klug, als Jude im Lauf des großen Krieges aus dem neutralem Monaco irgendjemandem auf dieser weiten Welt nachspüren zu lassen, auf diese Weise auf sich aufmerksam zu machen, auf ihn, den Gesuchten.

Andere Hotelgäste kennt Moritz nur vom Sehen. Manche leben schon lange hier, waren bereits etabliert, als er angekommen ist, das merkt man an ihrem ganzen Gehabe. Neulinge erkennt er auf den ersten Blick. Junge Menschen sind nicht unter den Gästen dieses Hotels. Die wählen wahrscheinlich billigere, vielleicht auch fröhlichere Gaststätten. Hier wohnen viele einsame, ältere Menschen, wie er. Der Name des Hotels bedeutet ja Einsiedelei. Eremiten sind sie alle, freilich in keiner Felsenhöhle oder in der Wüste, sondern im Luxushotel. Sind Juden darunter? Sicher. Einige sicher. Oder eben Herrschaften, die es sich leisten können, die Wintermonate in einem Luxushotel in Monte Carlo zu verbringen. Kaum Geschäftsleute. Man lächelt einander an, nickt grüßend mit dem Kopf. Einsamkeit. Wie Häftlinge in Einzelhaft eines feinen Kerkers. Mit dem kleinen Unterschied, dass die die Tage bis zur Freilassung zählen, so wie auch Soldaten, die darauf warten, abzumustern. Moritz zählt die Tage ebenfalls, aber rückwärts – wie viele sind seit der Abreise Viktors vergangen? Wie lange er noch hierbleiben wird wollen, weiß er nicht, vor ihm steht kein festes Ereignis, auf das er warten und auf das er Tage zählen könnte, bis es eintrifft, keine Entlassung. Striche auf der feinen Tapete machen, wie Häftlinge sie in die Wand ihrer Kerkerzellen ritzen, kommt also nicht infrage.

Durch die lebhaften Geschäftsstraßen spazierend bemerkt Moritz eines Tages im Schaufenster eines Antiquariats das Buch »Genie und Charakter« von Emil Ludwig. Blauer Einband, goldene Buchstaben. Zu Hause besitzt er dieselbe Ausgabe, aber gelesen hat er das Buch nicht. Er ist kein großer Leser, neue Fachbücher und Fachzeitschriften nehmen seine ganze Aufmerksamkeit in Anspruch. Aber da er der Meinung ist, Bücher gehörten in das Regal eines Intellektuellen, ließ er sich ins Haus schicken, was Buchhändler Reiss, Freimaurerbruder wie er, für empfehlenswert hielt. Jetzt kauft er das Buch und beginnt die Biografien großer Persönlichkeiten, Machiavellis, Kaiser Friedrichs des Großen, Lenins, Leonardos aus dem italienischen Dorf Vinci, zu lesen und stößt am Ende des Essays über den großen Künstler und Entdecker auf ein Zitat aus dessen Autobiografie:

»Der Mensch, immer voll Festlichkeit den neuen Frühling erwartend und immer den neuen Sommer, klagt dennoch, die ersehnten Dinge zögerten im Kommen, und merkt nicht, wie er seine eigene Auflösung ersehnt. Doch eben dieser Wunsch ist die wahre Quintessenz der Elemente, die sich durch die Seele in den Leib eingeschlossen fühlen und immer zu dem Aussender zurückzugelangen hoffen. Aber ich will, dass du wissest: dieser selbige Wunsch ist auch der wahre Geist der Natur und der Mensch das Modell des Kosmos.«

Vier Jahrhunderte vor Freud hat er das geschrieben, denkt Moritz. Ja, so ist es, das ist auch meine Meinung als Arzt.

Lieber David,

sicher hast Du in den Zeitungen gelesen und Fotos gesehen, wie triumphal sich Hitler in Paris benommen hat. Hier sind die Zeitungen voll davon. Schauderhaft. Ich hoffe, dass Dich dieser Brief erreicht, in einem relativ ruhigen und neutralen Jugoslawien, obwohl ich Dir eingestehen muss, dass ich sehr besorgt bin. Hier heißt es, Monaco sei ein sicheres, unabhängiges Land und würde es bleiben, es lehnt sich an den Teil Frankreichs an, der nicht von den deutschen Truppen besetzt ist, obwohl man den riesengroßen Einfluss Deutschlands auf die französische Regierung nicht leugnen kann, sie musste ja sogar aus Paris in den Kurort Vichy umziehen. Darüber will ich keine Worte mehr verlieren, nur sagen, dass ich mich relativ ungefährdet fühle, aber im Augenblick nicht sehe, wie ich nach Hause fahren könnte.

Deinen Brief, den Du Ende April geschrieben hast, habe ich mit großer Verspätung erhalten, aber daraus zufrieden erfahren, dass Du viel zu tun hast und Deine Kinder, meine lieben Enkel, trotz der neuen, gegen Juden gerichteten Gesetze normal zur Schule gehen dürfen. Nun, ja, Antisemitismus gibt es überall, leider auch in Jugoslawien, aber Fachärzte für Dermatologie, jetzt mit besonderem Augenmerk auf Venerologie, werden in schwierigen, trüben Zeiten immer ganz besonders gebraucht und Du bist der beste weit und breit, man weiß das. Gerade Angehörige jener Schichten, die sich für die Elite halten, Offiziere, Polizisten, hohe Beamte, schweifen unter solchen Umständen leicht aus. Sie werden Deine Hilfe und Diskretion brauchen, Du kannst ihnen beides bieten, und deshalb vertraue ich darauf, dass Du und die Deinen sicher seid, wie Dein älte-

rer Bruder und Deine Schwester, dem Herrn sei Lob und Dank, fern von diesem Unglück, das Europa heimgesucht hat. Du bist jedenfalls ein besserer Arzt als ich, der ich auch mitten in einer Stadt ein alter Dorfdoktor geblieben bin, der, wenn er nicht mehr weiter weiß, seine Patienten zu den Spezialisten schickt. Dass ich mehr Erfahrung habe, wirst Du mir zugestehen, obwohl Du vielleicht der Meinung bist, dass ich zu konservativ bin und die neue Welt nicht mehr verstehe. Auch Hitlers neue Ordnung nicht? Wahrscheinlich hast du recht.

Nicht darüber wollte ich schreiben, auch nicht um mich zu entschuldigen, sondern um zu erklären, warum ich glaube, dass ich mich nicht entschuldigen muss, hierhergefahren und immer noch da zu sein und warum ich nicht mit Viktor zurück nach Hause gekommen bin. Du bist es doch, der mir immer wieder vorgehalten hat, ich stünde zu sehr unter seinem Einfluss, er sei ein Kapitalist, ein Ausbeuter, solche Typen magst Du nicht. David, es gibt kaum eine Fabrik auf der Welt, in der die Arbeiter größere Privilegien haben als bei ihm! Er beschäftigt keine Saisonarbeiter für die Kampagnen, sondern bezahlt seine Leute das ganze Jahr über. Sie erhalten die besten Löhne in der Region, er hat rings um die Fabrik Häuser mit anständigen Wohnungen bauen lassen, und, wie Du weißt, sie haben ihre eigene Ambulanz und ihren eigenen Arzt, mich. Außerdem ist er wirklich ein großer Wohltäter, einen guten Teil seines Einkommens verteilt er an wohltätige Organisationen. Gut, meinetwegen magst Du auch sagen, das seien seine Launen, seine Schrullen, wie die Freimaurerei. Allerdings möchte ich bemerken, dass mich das Licht der Freimaurer erreicht hat, bevor ich Viktor kennengelernt habe. Du lachst uns deswegen aus, aber Du hast begrüßt, dass ich mit ihm nach Monte Carlo fahre, mich gelobt für die Idee, mir auf meine alten Tage noch eine solche Reise zu gön-

nen. Als er, wie voraus verabredet, sich entschieden hat, zurückzufahren, habe ich auch an Deine Bemerkungen gedacht, ich täte stets, was er sagt. Dann ist aber etwas Unvorhergesehenes aufgetreten. Wie ich Dir ja schon kurz geschrieben habe, habe ich im Casino das viele Geld gewonnen. Viktor meinte, ich solle es zu Hause anlegen, er würde mich gerne beraten, aber ich wollte kein Aktienbesitzer werden, ich wollte und will das Geld hier ausgeben. Wie gewonnen, so zerronnen. Natürlich ist ein Grund auch, dass ich die zwei Wochen hier in einem Grandhotel so genossen habe, dass ich mir diese Freiheit einfach verlängern wollte, nicht so schnell wieder in die alltägliche Routine zu Hause fallen wollte. Ich habe ja bisher in meinem Leben noch nie Urlaub gemacht. Der deutsche Angriff auf Polen, daraufhin die englische und die französische Kriegserklärung, haben mich überrascht. Vielleicht hätte ich damals sofort nach Hause fahren sollen, aber den ganzen hier so schönen Winter lang geschah an der Westfront fast nichts, ich glaubte, es würde so komisch bleiben, wie der Krieg uns allen damals schien, das war die allgemeine Meinung unter den Leuten, mit denen ich verkehrte, im Hotel und so … Und dann kam Hitlers Blitzkrieg und jetzt sitze ich anscheinend in einer Falle.

Die Patienten fehlen mir nicht. Oder doch? Oder ist es gut, nicht mehr zu arbeiten? Ich glaube, bald werde ich eine Möglichkeit finden, von hier loszukommen, vielleicht per Schiff über Spanien.

Grüße Deine Mutter, ihr schreibe ich natürlich extra, um sie sorge ich mich am wenigsten, sie hat ihre Freundinnen, ihr Bridge, ihre Konditoreibesuche und Tratschpartien. Ganz besonders küsse Frau und Kinder und schreibe mir, wenn Du kannst.

Dein Vater.

Deutschland und die Sowjetunion hatten Polen besiegt und untereinander aufgeteilt. Stalin war der Meinung, es sei ganz gut, dass sich die kapitalistischen Länder gegenseitig ruinierten, das gehe die Arbeiterklasse nur insofern an, als ihr eigentlicher Feind geschwächt würde. Die Komintern verabschiedete eine Direktive, französische Kommunisten sollten sich am Kampf gegen Hitlerdeutschland nicht beteiligen.

In einem Salon im Erdgeschoß des Hotels Hermitage wird ein großer Radioapparat aufgestellt, jeden Mittag versammeln sich mindestens ein Dutzend der Hotelgäste, um den Wehrmachtbericht über die Kriegsentwicklung anzuhören. Anscheinend spricht hier in Monte Carlo, zumindest in diesem Nobelhotel, jedermann auch Deutsch. Moritz gesellt sich nicht zu den Zuhörern, morgen würde ohnehin dasselbe in den Zeitungen stehen, er hat es nicht eilig, Neues über deutsche Siege zu erfahren.

Italien erklärte Frankreich den Krieg erst am 11. Juni 1940. Deutschland brauchte diese Hilfe nicht, sein Sieg war gesichert. Mussolini hätte gerne Monaco geschluckt, berief sich auf die Geschichte, das Fürstentum habe einst Genua gehört, doch das passte Hitler nicht. Er brauchte das formal unabhängige, aber de facto unter seinem Einfluss stehende kleine Land, um mit Devisen zu handeln und strategische Güter einzukaufen. Italien durfte den Süden Frankreichs erst am 21. Juni angreifen, als schon feststand, dass am nächsten Tag Maréchal Pétain in Compiègne die bedingungslose Kapitulation unterzeichnen würde.

Die Dynastie Grimaldi herrschte mit einigen Unterbrechungen seit dem Jahr 1257 über Monaco, Fürst Louis II., Souverän seit 1922, interessierte sich mehr für sein privates Vermögen, das zum größten Teil in Frankreich angelegt war, als für sein Fürstentum. Rechtzeitig und demonstrativ hatte er erklärt, wie sehr er Pétain schätzte. Sie seien alte Kameraden, weil beide an der École spéciale militaire de Saint-Cyr studiert hätten, allerdings verschwieg er, dass das nicht zur gleichen Zeit gewesen war, denn der französische Marschall war vierzehn Jahre älter als er. Göring persönlich garantierte Louis, dass die Deutschen seine Güter in Frankreich nicht behelligen würden, man kannte einander gut, der dicke Reichsmarschall war 1939 in Monte Carlo gewesen. Fotos bezeugen, wie er mit seiner Gattin, der Schauspielerin Emmy, auf der Terrasse des Hotels tanzte, Champagner trank und Kuchen aß. Ab Mitte 1940 führte das Fürstentum strenge Grenzkontrollen ein, einreisen durften jetzt nur noch Personen, die eigene Wohnungen oder Zimmer in guten Hotels reserviert hatten.

Ohne Rücksicht auf die formale Selbständigkeit, die Neutralität, stand Monaco praktisch unter der Kontrolle Berlins, um die Staatsgeschäfte kümmerte sich Louis ohnehin nicht, für die hatte der nazifreundliche Ministerpräsident Émile Roblot zu sorgen. Noch wichtiger war freilich der deutsche Generalkonsul. Die Grimaldis hatten allerdings im Laufe der Geschichte nie auf nur eine Karte gesetzt. Louis' Enkel Rainier kämpfte bereits auf De Gaulles Seite gegen die Deutschen – man konnte ja nie wissen.

»Was soll ich machen, Philippe?«, fragt Moritz. Es klingt verzweifelt, aber der erfahrene Kellner bleibt unbewegt und serviert erst einmal wortlos das gewohnte Frühstück. Also schwächt der Gast seine Klage ab und erklärt, manchmal sei ihm so schrecklich langweilig.

Philippe Lefébre hat es nicht zum Oberkellner gebracht, obwohl er schon zwanzig Jahre lang erst als Piccolo, dann als Hilfskellner angestellt ist, seine Gattin beaufsichtigt die Zimmermädchen im selben Hotel, er stammt aus einer alten, wie er betont »echten« monegassischen Familie. Sein Cousin arbeitetet im großen Casino. Er weiß alles über seine Gäste, hat Erfahrung im Umgang mit ihnen, ist es gewöhnt, dass sie Fragen stellen, die nichts mit seinem Dienst zu tun haben oder sich über die unterschiedlichsten Probleme beklagen. Meistens jammern sie nach großen Spielverlusten, manchmal erkennt er ihren Hang zum Selbstmord und macht die Direktion darauf aufmerksam.

Dieser alte Jude ist nicht geizig, nicht eitel. Der Kellner hat selbstverständlich von seinem sensationellen Gewinn erfahren, auch dass er danach nie mehr gespielt hat – das ist ungewöhnlich. Antisemit ist Philippe nicht, er schätzt Menschen nicht nach Rasse oder Religion, sondern vor allem danach ein, ob sie Einheimische sind oder Fremde, und Gäste nicht nur nach der Höhe des Trinkgelds, sondern mehr noch nach ihrer Freundlichkeit gegenüber dem Personal. Deshalb sagt er den Agenten der Nachrichtendienste, die ihn oft kontaktieren, nie alles, was er weiß, auch wenn er nicht so dumm ist, sich ihnen völlig zu verweigern. Über Jahrhunderte entwickelte Vorsicht und Schläue stecken in seinen Genen. Dieser Gast ist nicht unsympathisch. Sicher nicht. Obwohl er so etwas nie gesagt, nicht einmal angedeutet hat, ahnt Philippe, dass er seinen Gewinn einfach hier ausgeben will, und er hält es für eine außergewöhnliche, aber nette Idee. Für diese Leute ist die Zukunft trüb, das ist klar. Große Politik! Dagegen ist kein Kraut gewachsen, zumindest keines, das ein kleiner Hotelbediensteter pflücken könnte.

Philippe schlägt vor, der Herr könne doch einen Ausflug machen, eine kleine Bootsfahrt, frische, salzige Luft einatmen, das würde ihm bekommen, vielleicht würde er angenehme Bekanntschaften machen. Er fügt noch schnell hinzu, einen Reisepass brauche man für so eine Fahrt nicht, man würde nirgendwo an Land gehen. Wenn der Herr wünsche, könne das die Rezeption gerne arrangieren. Der Herr dankt und wünscht es durchaus.

Es ist kein Ausflugsschiff, sondern ein Motorboot mit vier Reihen von je zwei Sitzen auf jeder Seite. Messing blinkt. Sind die Planken aus Mahagoni? Als Banater kennt sich der Doktor mit diesen feinen Holzarten nicht aus. Nur neun Personen klettern an Bord. Moritz setzt sich in die hinterste Reihe an den Rand des Bootes zum Wasser hin, der Platz neben ihm bleibt frei. Auf der dem Ufer zugewandten Seite nimmt eine junge Frau Platz, sie trägt eine hellblaue, weit geschnittene Hose und eine etwas zu grellbunte, eng anliegende Bluse, die die sehr schmale Taille betont. Ihr dunkelbraunes Haar, das sie zu einem Zopf gebunden hat, flammt im Sonnenschein wie vergoldet auf. Die Augen verdeckt eine Sonnenbrille. Sie trägt keinen Hut, das ist ungewöhnlich, alle anderen an Bord tragen eine Kopfbedeckung. Für den Wind, der aufkommt, ist sie vielleicht ein wenig zu leicht angezogen, denkt Moritz, und wendet den Blick ab, er hat die Dame etwas zu lange angestarrt, dreht den Kopf nach links und betrachtet die Segeljachten, die auf dem offenen Meer vorbeiziehen.

Es stellt sich heraus, dass der Bootsführer, der sich als Kapitän vorgestellt hat und eine entsprechende Mütze und Jacke mit Goldknöpfen trägt, gleichzeitig ihr Fremdenführer ist. Als er erklärt, man werde jetzt ablegen, springt im letzten Augenblick noch ein groß gewachsener junger Mann an Bord. Sein nicht gerade elegant geschnittener Anzug ist aus Tweed, nicht ideal für so einen Ausflug. Moritz trägt einen grün-braun karierten leichten, maßgeschneiderten Sportanzug und dazu eine dunkelrote Fliege. Er wundert sich immer noch, in wie vielen Farben die See und der Himmel hier an der Mittelmeerküste schimmern. An diesem Tag ist die Meeresfarbe Azur. Azurblau, königsblau, stahlblau, ultramarin? Azur ist das richtige Wort. Mehr als ein simples Blau. Immer versucht man, allem, was man sieht, oder auch was man riecht, Namen zu geben, es mit Worten zu bezeichnen. Zumindest Moritz tut das. Jeder tut das, unbewusst. Auch Krankheiten muss man Namen geben, weiß der Arzt, auch den Knochen, den Sehnen, den Blutgefäßen. Für Kinder ist es einfach, die sagen: Ich habe Halsschmerzen, Onkel Doktor. Worum es sich konkret handelt und wie man es auf Latein bezeichnet, bleibt Sache des Arztes.

Der Kapitän stellt sich als Giuseppe vor. Aha, also ein Italiener, aber sicher ein Monegasse. Auch die See und die Küste nennt er beim Namen. Côte d'Azur. Der Dichter Stéphen Liégeard hatte sie mit dem Titel einer Sammlung seiner Gedichte 1887 so genannt. Es sei nicht immer so schönes Wetter wie heute, teilt der Kapitän den sehr geehrten Damen und Herren mit, und falls sie es nicht wüssten, erklärt er, dass das Meer keineswegs immer diese blaue Farbe wähle, sondern sie je nach seiner Laune verändere. Obwohl er ausgestattet ist wie der Kommandant eines Hochseeschiffs, plappert er wie ein richtiger Fremdenführer, dem die Aufgabe gestellt ist, keine Minute zu schweigen.

Es geht an Nizza, Antibes und Saint-Raphaël vorbei, Giuseppe erklärt wortreich, was man sieht, benennt die Sehenswürdigkeiten der schönen Orte. Moritz wäre es lieber, wenn er schweigen würde, er sehnt sich nach Ruhe, danach, ungestört von Menschenlauten dem Flüstern des leichten Wellengangs zu lauschen, dazu dem Kreischen der Möwen, die kontrollieren, ob man etwas Fressbares über Bord werfen würde, aber die Stimmen der Natur werden übertönt von Erklärungen über die von Menschen erbauten Wohnstätten. Rechts kleinere Orte, Fischerboote, Jachten, Olivenbäume, Palmen, Pinien, Korkeichen, Mandelbäume, Sträucher und Pflanzen, die der Doktor aus dem Banat nicht kennt, weiß oder farbig gestrichene Häuser mit roten Dächern. Und ebenfalls rechts das Gesicht des Mädchens im Halbprofil, ihr kastanienbraun-goldener Haarschopf, links die silbrig-azurblaue, leicht gewellte Unendlichkeit. Moritz muss entscheiden, welcher Seite er mehr Aufmerksamkeit widmen soll. Und Giuseppe redet und redet.

»Ich habe den Eindruck, dass auch Sie von diesem Geschwätz genug haben, Monsieur«, flüstert ihm die schöne junge Frau zu. Moritz erkennt einen leichten russischen Akzent und dreht sich ihr angenehm überrascht zu. Er bereut es nicht, den Blick vom Meer abwenden zu müssen. Keineswegs.

»Aber ja!« Nichts anderes fällt ihm ein.

Höflich hebt sie die Sonnenbrille auf ihre hohe Stirn, damit er sie besser sehen kann.

»Ich heiße Irina, Irina Fjodorowna Golubewa, aber meine Freunde nennen mich Ira.«

Ein ungewöhnliches, etwas längliches Gesicht. Seltsam geschnittene Augen, schwarz blitzend. Ist das ein tatarischer Einschlag? Das Lied »Otschi tschornje«, Schwarze Augen, fällt ihm ein, das sangen Zigeunerinnen in den Wirtshäusern seiner Heimatstadt. Manche Russen haben etwas Asiatisches, denkt er, bei ihm im Banat gab es nach der Revolution viele russische Emigranten. Was habe ich mit den Russen? Habe ich mir nicht dummerweise eine russische Hure adeliger Abstammung vorgestellt und jetzt spricht mich eine schöne Russin an? Natürlich stellt er sich auch vor, spricht seinen Namen soweit er es kann mit französischem Akzent aus, Maurice. Maurice Carpaty.

Sie reicht ihm die schmale Hand über den kleinen Gang zwischen den Sitzreihen, und nach kurzem Überlegen küsst er sie galant. War das übertrieben? Sie ist viel, viel jünger als er, gewiss auch bedeutend jünger als seine Tochter in Amerika.

Moritz, Maurice, ist überrascht, als sie in einem kleinen, alten Hafen anlegen. Der Kapitän kündigt an, das sei Saint-Tropez, man würde mindestens eine Stunde lang hierbleiben, die Herrschaften könnten den Ort besichtigen, vielleicht etwas trinken, an Bord habe er leider nichts anzubieten. Ira ruft, sie habe keinen Reisepass mitgenommen. Der sei auch gar nicht notwendig, erklärt Giuseppe, dies sei der unbesetzte Teil Frankreichs, der von der Regierung in Vichy verwaltet werde, zwischen ihm und Monaco gebe es praktisch keine Grenze, es seien keine Reisedokumente notwendig.

Fein, denkt Moritz, steigt mit allen anderen Reisegästen aus, Giuseppe hilft Ira beim Aussteigen und sie geht neben Moritz los, als wäre das das Natürlichste auf der Welt, obwohl sie sich erst vor wenigen Minuten kennengelernt haben, falls man die wenigen Worte, die sie miteinander gesprochen haben, überhaupt Kennenlernen nennen kann.

Sie kommen an einem kleinen Restaurant direkt am Meer vorbei, bloß ein einziger Tisch ist frei. Moritz schaut die junge Frau, das Mädchen, diese Ira an, und macht eine kleine Geste:

»Wollen wir uns vielleicht setzen?«

»Gerne.«

Beschützt von den Hafenmauern ist der Wellengang unter der Gasthausterrasse ruhig, flüstert leise, inständig – was sagt er? Kann man verstehen, was das Meer von der Ewigkeit erzählt? Sie bestellen frittierte Sardinen und einheimischen Weißwein. Moritz muss sich um kein Gesprächsthema bemühen, nicht verlegen nachdenken, was er sagen soll, denn seine Begleiterin legt los, pausenlos, was wesentlich angenehmer ist als Giuseppes Redeschwall. Sie erzählt, sie sei erst vor zwei Wochen aus Paris nach Monte Carlo gekommen, um sich dem Ballet Russe de Monte Carlo anzuschließen, jawohl, sie sei Balletttänzerin, man habe ihr gesagt, hier würde sie ein Agent erwarten und ihr die Reisekarte für ein Schiff nach New York geben, um dort auf die berühmte Truppe zu stoßen, die Nachwuchs brauche, weil sie unmittelbar vor dem Ausbruch des Krieges in Amerika gewesen sei und nicht mehr auf den Kontinent zurückkommen wolle. Es war jedoch kein Agent erschienen und da saß sie nun. Glücklicherweise habe sie gleich eine Anstellung in einem Blumengeschäft finden können, obwohl sie gar nicht geschickt sei, sie habe sich die Hände zerstochen und sie zeigt es auch gleich, die schönen, schmalen Hände sind übel zerkratzt. Sie habe hier eine kleine Gruppe von Laientänzerinnen vorgefunden, da würde sie als Solistin und Choreografin mitwirken, vielleicht würde sich eines Tages eine Gelegenheit ergeben, öffentlich aufzutreten.

Warum sie nicht zurück nach Paris gefahren sei, fragt Moritz.

Gott behüte! Man würde sie auslachen. Sie habe allen erzählt, sie sei jetzt schon Mitglied des Ballet Russe. Vielleicht würde es ihr früher oder später gelingen, wenigstens in das Ballett der Oper in Monte Carlo aufgenommen zu werden.

Sie zwitschert fröhlich, es ist kein Wehklagen, kein Jammern, soll wohl als nüchterner Bericht beim Gesprächspartner ankommen. Und da sie schon einmal hier sei, wolle sie genießen, was zu haben sei, die Umgebung kennenlernen, solange das Geld reiche, deshalb nehme sie an diesem Ausflug teil. Sie würde ja noch Geld verdienen. Hoffentlich.

Moritz ist nichts an diesen Erklärungen verdächtig. Noch nicht. Er glaubt ihr aufs Wort. Glaubt alles, was sie sagt. Es klingt aus diesem Mund so glaubwürdig. Es fällt ihm gar nicht ein, dass sie sich einen älteren Herrn ausgesucht haben könnte, um … Er findet es nicht seltsam und unlogisch, dass eine weltberühmte Balletttruppe jemanden wie Ira über Monte Carlo engagieren wollte, wieso nicht über eine Künstleragentur direkt von Paris aus? Von Geldverdienen hat sie etwas gesagt. Hübsche, junge Mädchen verdienen Geld auf unterschiedlichste Art und Weise. In Orten wie Monte Carlo ganz besonders. Hätte sie ihm frivol erscheinen sollen? Leichtsinnig? Mit einem älteren Herrn ein Gespräch anzufangen … Hatte er ihr auffordernde Blicke zugeworfen? Nein, sicher nicht. Moritz redet sich ein, sie suche nur jemanden, mit dem sie wie mit ihrem Vater reden könne. Oder Großvater. Das wäre angenehm. Gut. Er könnte mit ihr öffentlich erscheinen, ohne sich schämen zu müssen. Wenn es jedermann so sehen würde. Sie braucht ja nicht zu erfahren, dass er sich durchaus noch als Mann fühlt. Besonders neben ihr. Dass sie ihm gefällt. Zu sehr gefällt. Seine Enkelin könnte sie sein. Aber es ist nett, mit ihr zu reden. In ihrer Gesellschaft zu sein. Er wird sie in Monte Carlo zu einem Kaffee einladen. Oder zu einem Glas Wein. Zum Mittagessen, zum Dinner, warum nicht? Und was man denken wird, wenn sie so erscheinen werden, ein Greis und ein junges Mädchen – die sollen doch denken, was sie wollen.

Plötzlich erscheint der Herr, der als Letzter auf das Boot gesprungen ist, deutet mit der Hand, dass alle anderen Tische besetzt sind, an ihrem jedoch zwei freie Stühle stehen, und fragt, ob er sich zu ihnen setzen dürfe. Es gibt keinen triftigen Grund abzulehnen. Leider Gottes. Der Reisegenosse stellt sich als Helmut Rohrbacher aus Berlin vor, er sei erst seit Kurzem in Monte Carlo und wolle die Umgebung kennenlernen, habe noch nicht viele Bekannte, nur einige einheimische Geschäftsleute. Ja, ja, denkt Moritz, Kellner Philippe hat ja vorausgesagt, dass er neue Bekanntschaften schließen wird. Verschiedene. Schön. Eine russischstämmige Balletttänzerin, ein jüdischer Arzt aus Jugoslawien und ein Reichsdeutscher am selben Tisch in Saint-Tropez? Mitten im Krieg?

»Haben Sie ein Notizbuch, einen Stift?«, fragt die Tänzerin, nachdem ihr Giuseppe im Hafen von Monte Carlo an Land geholfen hat und Moritz sich bemüht, so auszusteigen, dass er nicht alt und unbeholfen wirkt.

»Leider nein, warum?«

Sie kramt aus ihrer Handtasche einen Lippenstift hervor und bittet um seine Hand, verwundert folgt er und sie malt eine Telefonnummer auf seine Handfläche.

»Damit Sie mich im Blumengeschäft anrufen können, falls Sie Lust haben, dass wir uns noch einmal sehen …«

Obwohl ich keinen besonders entwickelten Geruchssinn besitze, vielleicht bisher nie auf Düfte geachtet habe, atme ich jetzt in vollen Zügen den salzigen Geruch der See, ihrer Wogen ein, ich wollte, ich hätte die Macht, ihn zu beschreiben. Nicht nur die Farben, sondern alles, auch die Gerüche, denn alles ist anders als im Banat. Exotisch. Ein zu starker Begriff? Anders!

Aus den Tellern, aus denen ich in Saint-Tropez mit Ira geges-

sen habe, war Fischgeruch in meine Nase gestiegen, auch anders als ein Wels aus den trüben Gewässern bei uns riecht, vermischt mit Iras starkem Parfum. So ein Geruch ist mir bisher nicht begegnet. Keine meiner Patientinnen trug ein ähnliches. Ich habe seit meinen Studententagen nur Kölnischwasser benützt, das Original 4711. Meine Tochter höhnte, das sei für Frauen, aber solide wie ich selbst. Ich fragte, ob für sie solide ein Synonym für langweilig sei, sie lachte mich aus und antwortete, da sei schon etwas dran. Aber damals war sie jung. Ich glaube, aus ihr ist eine solide Frau geworden, der Herr sei gelobt, eine gute Mutter und die Mutter meiner ältesten Enkelkinder. Weiß ich das? Ob die die ältesten sind? Von Leo, meinem ältesten Sohn dort unten irgendwo in Afrika, habe ich seit einer Ewigkeit überhaupt keine Nachrichten, er könnte möglicherweise noch ältere Kinder haben als seine Schwester. Vielleicht bin ich schon Urgroßvater, aber keiner hat es mir mitgeteilt.

Ich muss aufschreiben, was ich in der vergangenen Nacht geträumt habe. Meist vergesse ich meine Träume oder ich habe gar keine gehabt, aber an diesen erinnere ich mich, als hätte ich das alles wirklich erlebt.

Ein erotischer Traum war es nicht. Leider Gottes. Wir waren in einem mir unbekannten Raum, ich wusste jedoch, dass es in einem Hotel war. Nichts ähnelte meiner Suite hier im Hotel, in der ich den Traum geträumt habe. Er war viel einfacher, irgendwie bedrückender. Eine Frau redete auf mich ein, aber ich weiß nicht mehr, worüber sie gesprochen hat und wer sie war. Ich musste etwas einkaufen gehen, aber das hatte nichts mit dem zu tun, was sie sagte. Wer war die Frau im Traum? Klara? Ich bin nicht sicher. Und das war alles. Fast nichts, aber so furchtbar intensiv.

Dieser Traum brachte mich dazu, über sie nachzudenken.

Über Klara. Und über mich selbst vor mehr als fünfzig Jahren. Ich kann mich, der ich heute bin, nicht in der Person wiedererkennen, die ich damals war, und schon gar nicht kann ich mich hineinversetzen in meine damalige Beziehung zu Klara, von der ich niemandem erzählt habe. Bisher niemandem. Nicht einmal Viktor. Mit dem habe ich überhaupt nie über … Über das für uns Unaussprechbare habe ich nie mit ihm gesprochen. Wir sind gefangen in unserer Moral. Nicht einmal wenn ich, wie jetzt, nur für mich selbst schreibe, weiß ich, wie ich den Geschlechtsakt nennen soll, damit er nicht medizinisch klingt. Soll ich ihn Ficken nennen? Jetzt habe ich es immerhin niedergeschrieben, mich ekelt davor. Was ich mit Klara erlebt habe, was wir gemacht haben, erfasst dieses Verb nicht. Die Worte sind zu grob, das Wort Liebe zu pathetisch und trifft es auch nicht. Geschlechtsverkehr? Nein. Leidenschaft? Lust? Selbst wenn große Dichter glauben, die richtigen Worte niedergeschrieben zu haben, finde ich sie komisch. Was soll dann ein alter Doktor sagen? Koitus? Das riecht nach Desinfektionsmittel.

Der eigentlich nichtssagende Traum bringt mich auf solche Gedanken, die Ursache verstehe ich jedoch nicht. Oder nur halbwegs. In manchen Dingen hat Freud einfach recht. Bei mir, dem soliden Menschen, wie es meine Tochter nennt, drücken Träume sonst meist unverdeckt oder nur halbwegs versteckt meine Gedanken aus. Aber diesmal ist alles analysebedürftig. Ist es mein Vereinigungstrieb? Mag sein, wenn ich nicht Ira begegnet wäre, hätte ich kein belangloses Gespräch in einem undefinierbaren Hotelzimmer mit einer unerkennbaren Frau geträumt, die mich im Wachsein an Klara erinnert hat. Erst im Wachsein. Sind Ira und Klara einander ähnlich? Kaum. Ein wenig vielleicht. Körperlich. Schlanke Gestalt. Lockeres Lächeln. Verführerisch. Klara habe ich nackt gesehen. Ira nicht.

Würde ich das gerne? Aber nicht einmal im Traum kehrt Klara nackt zu mir zurück, nicht einmal mit der Distanz der Erinnerung, sondern es geht bloß ums Einkaufen, wie in einer Ehe. Jedoch in einem Hotelzimmer. Wieso in einem Hotel? Um auf die Realität hinzuweisen? Ich träumte in einem Hotel schlafend. Wollte das Unbewusste auch an Viola erinnern?

Wie erinnere ich mich an Klara? Schwierige Aufgabe, das niederzuschreiben. Ich kann mich gut an ihre Erscheinung als Ganzes erinnern, aber an keine Details. An Leidenschaft, ja. Was und wie … Die Frisur? Kurz, sicher. Braun. Schlanke Taille. Von schlanken Taillen bin ich anscheinend besessen. Ich kann sie nicht beschreiben, wenn ich gut zeichnen könnte, würde ich versuchen, ein Bild von ihr aufs Papier zu bringen, natürlich in Farben, das würde mich vielleicht Klara näher bringen als Worte. Dem, wie sie wirklich war. Aber ich bin nie ein guter Zeichner gewesen.

Ihr Bruder war mein Kommilitone in Budapest, er kam aus einer Kleinstadt in Ungarn mit einem für Nichtungarn unaussprechbaren Namen – Kiskunfélegyháza. Einmal, an einem späten Abend, sind wir einander auf der Margit-Ringstraße begegnet. Wir blieben stehen, ich versuchte, Witze zu erzählen, sie lachte herzlich. In einem Kaffeehaus tranken wir etwas. Als wir in die auf die Stadt sinkende Nacht hinausgingen, umarmten wir uns schon, und dann schlichen wir einfach in ein unbekanntes Haustor, aus dem gerade jemand herausgekommen war. Nichts kümmerte uns. Das Haustor fiel zu. In Budapest werden die Haustore am Abend zugesperrt. Wir waren allein im finsteren Toreingang und wer angefangen hat, das weiß ich nicht mehr. Wir machten es. Schamlos. Jeden Augenblick konnte jemand kommen, Licht machen, das kümmerte uns nicht, hätte uns vielleicht sogar angespornt. So war es, aber mir vorzu-

stellen, dass ich so war, kann ich nicht, nicht mehr. Aber sicher bilde ich es mir nicht nur ein. Wie wir hinauskamen auf die Straße, wer das Tor aufgemacht hat und wie wir an ihm vorbei hinausschlüpfen konnten, weiß ich auch nicht mehr. Die ganze Nacht verbrachten wir auf einer Bank am Donauufer. Früh am Morgen ins erste Gasthaus, das aufsperrte, in dem Lastwagenchauffeure ihren ersten Kaffee schlürften. Und die Fenster des Burgschlosses am anderen Donauufer blitzten von der aufgehenden Sonne geweckt wie Liebesgrüße. Dann führte sie mich zu dem Haus, in dem sie in Untermiete in der für die Dienstboten gedachten Kammer wohnte, hieß mich warten und auf den Balkon im zweiten Stock schauen, ihre Vermieter würden bald zur Arbeit gehen, sie würde mich hinaufwinken. Und dann waren wir endlich nach allem, was im Haustor und auf der Bank am Donauufer geschehen war, in ihrem schmalen Bett.

Jetzt lächle ich alter Mann. Lächle auf das Blatt Hotelpapier hinunter, auf dem ich schreibe. Weil ich ja nichts zu tun habe. Bin ich der gewesen, von dem ich hier schreibe? Ja, gewiss, ich kann mich erinnern. Ja und nein und doch! Nebelhaft, aber ich erinnere mich, so etwas erfinden kann ich nicht, diese Art von Fantasie hatte ich nie, diese Lust ausdenken, erfinden, könnte ich nie, die Sorglosigkeit, was, wenn man uns gesehen, erwischt, beschimpft, verachtet hätte? Beneidet? Da war nur die Leidenschaft. Soll ich nicht so stolz schreiben, dass ich einmal, ein einziges Mal im Leben … was war? Verrückt? Verrückt vor Glück? Oder einfach nur jung? Nein, natürlich bin ich nicht stolz, ein Schürzenjäger war ich sonst nicht, sondern ein Solider, sagt meine Tochter, die mich ja kennt, gut kennt. Sie sagt es auf eine verächtliche Weise. Aber ich lächle auf das Hotelpapier hinunter.

Ist es möglich, dass ich in Ira Klara suche? Eine Klara? Irgendeine? Klara und ich waren gleich alt, Ira ist fast fünfzig Jahre jünger als ich. Ein halbes Jahrhundert jünger! Ein Durchschnittsleben jünger. Sie heißt Golubewa. Golub bedeutet auf Serbisch Taube. Nomen est omen behauptet Viktor. Stimmt das? Ist sie mein Täubchen? Kann sie es werden? Blödsinn! Als ich Klara liebte, war wahrscheinlich noch nicht einmal Iras Mutter geboren. Wie kann ich es wagen, über Ira und Klara im selben Absatz zu schreiben? Nun, wer kann es mir verübeln?

Ich denke an Klaras Kammer. Einige Tage lang jeden Morgen dieselbe Szene, die Sonne ist aufgegangen, mein Blick auf den Balkon, bis sie winkt. Dann je zwei Stufen nehmend hinauf in den zweiten Stock, durch die unaufgeräumte Küche geradeaus ins Bett.

Wie es zu Ende ging? Ganz einfach. Eines Tages sagte sie, den Sonntag müsse sie mit ihrem Bruder und ihrem Bräutigam verbringen. Ihrem Bräutigam? Es gab einen Bräutigam? Nun, sie liebe ihn ja nicht, nicht richtig, aber es heiße in den beiden Familien, sie seien miteinander verlobt, nicht offiziell, keine Verlobungsringe, aber …

Das machte mich nachdenklich. Hätte ich nicht etwas ahnen müssen? Eine Unschuld vom Lande war sie nicht, schon im Hauseingang hatte sie sich erfahrener gezeigt als ich. Ich sagte, wenn sie am Sonntag nicht mit mir sein werde, wäre es aus. Aus Leidenschaft? Aus Stolz? Sie antwortete, sie werde am Sonntag in Anwesenheit ihres Bruders dem Mann sagen, dass es mit ihnen beiden aus wäre, ich solle Montagfrüh unten stehen und auf den Balkon schauen, denn zu ihr hinauf könne ich am Sonntag ohnehin nicht kommen, weil die Vermieter am Vormittag möglicherweise zu Hause blieben. Ich sagte nicht Nein. So gingen wir auseinander. In der Nacht auf Montag konnte ich nicht schlafen. Montagfrüh zauderte ich. Ich ging nicht hin. Ich habe Klara nie wieder gesehen. Ihren Bruder manchmal zu-

fällig. Dann fragte ich, wie es seiner Schwester ging. Und er antwortete jedes Mal, ihr gehe es gut.

Klaras Bruder betonte stets, er sei ein ungarischer Patriot, obwohl wir damals in Österreich-Ungarn lebten. Vielleicht ist Klara heute mit einem von Horthys Generälen verheiratet und hat zwei oder drei Söhne, die in der faschistischen Armee dienen. Warum versuche ich jetzt das Schlimmste zu denken … Wieso wäre so etwas das Schlimmste, es geht mich ja nichts an … Ich denke an meine … erste Liebe? So würde ich es nicht nennen. Meine erste große Leidenschaft? Das schon eher. Über Mord und Selbstmord aus Leidenschaft weiß ich als Arzt allerlei, auch aus der unmittelbaren Umgebung in meiner Heimatstadt. In solcher Gefahr war ich gewiss nicht. Nie. Die französische Gesetzgebung kennt den crime passionnel, den Mord aus Leidenschaft, und er wird milder bestraft als Mord im Allgemeinen. Wenn Klara und mich damals jemand im Haustor erwischt hätte, sie beleidigt hätte, ich einen Revolver oder wenigstens ein Messer in der Tasche gehabt hätte – hätte ich dann den Beleidiger umgebracht? Irgendwie außer mir war ich damals jedenfalls, aber in der Lage zu töten war ich nicht. Glaube ich heute. Klara habe ich … Wir hatten etwas, was man mit Worten nicht beschreiben kann. Vorbei.

Ich habe in meinem langen Leben niemanden getötet. Sicher nicht? Und wenn ich einmal ein falsches Medikament verschrieben habe? Etwas unterlassen habe, was den Tod eines Menschen verhindert hätte? Jemanden retten hätte können, und es mir nicht gelungen ist? War ich fahrlässig? Nein. Nie. Wirklich nie? Nichts kann ich bedenkenlos beschwören. Was ich nicht weiß, kann trotzdem gewesen sein.

Diese Papiere sollte ich rechtzeitig verbrennen. Sie gehen niemanden etwas an. Ich habe mir etwas von der Seele geschrieben.

Kollege Freud wäre zufrieden damit. Noch lasse ich die Blätter in der Schublade des Schreibtischs in meiner vornehmen Suite liegen. Sollte ein Zimmermädchen frech prüfen, was da drinnen liegt, würde es nichts verstehen, ich schreibe ja auf Ungarisch. Würde ich Klaras Fotografie verbrennen, wenn ich eine hätte? Ich habe aber nie eine von ihr gehabt. Wenn wir uns zufällig auf der Straße begegnen würden, wir würden einander wohl kaum wiedererkennen. Vielleicht erzittern, aber nicht wissend warum.

Spaziergänge führen Moritz regelmäßig durch die schönen, am Abend hell beleuchteten Straßen oder am Meeresufer entlang. Monte Carlo ist die ideale Stadt für Spaziergänger, für ältere Menschen. Für Nichtstuer. Für jedermann. Auch für Juden? Er ersteht einige deutsche und französische Zeitungen und Zeitschriften, selbst das ekelhafte antisemitische Hetzblatt, den *Stürmer*, und die illustrierte Zeitschrift *Signal*, die vor allem die Größe des deutschen Soldatentums feiert und mit schönen Fotografien und der Aufmachung das amerikanische Vorbild *Life* nachahmt. Wer mit solchen Erzeugnissen der Nazipresse unter dem Arm spaziert, kann kein verängstigter jüdischer Wicht sein. Er liest die Zeitschriften bei einem Cognac oder Dubonnet im Kaffeehaus. Viele Kellner kennen ihn schon. Die merken sich, wer mit Trinkgeld nicht geizt. Abends, vor dem Schlafengehen, liest er im bequemen Sessel Bücher.

Immer ist er allein. Langeweile. Sollte er? Oder lieber nicht? Warum nicht? Schließlich ruft er im Blumengeschäft an, fragt nach Mademoiselle Golubewa und schlägt ihr vor, gemeinsam ein Glas Wein zu trinken. Wo? Auf seine Bitte macht sie den ersten Vorschlag für ein Bistro, in dem sie sich treffen könnten. Besonders überrascht scheint sie nicht. Ja, aber immerhin ein wenig erfreut. Glaubt der alte Doktor.

Manchmal verbringt Moritz die Nachmittage am Schreibtisch seiner Suite. Der Schreibtischsessel ist so bequem, dass es eine Sünde wäre, ihn nicht zu benützen. Dann holt er das Briefpapier des Hotels aus der Ledermappe und schreibt Briefe oder einfach nur für sich selbst, was ihm gerade einfällt. Er bemüht sich, leserlich zu schreiben, ohne Eile, nicht wie Rezepte, bei denen er sich darauf verlassen konnte, dass die Apotheker jede Schrift entziffern. Es ist eine Erleichterung für ihn, wenn die Abenddämmerung anzeigt, dass sich der Tag dem Ende nähert und er einen Grund hat, hinauszugehen, sich in die Menge zu mischen und nur noch zu überlegen, wo er diesmal sein Abendessen einnehmen wird. Die Bistros oder kleinen Restaurants wechselt er am Vormittag, zum Mittagessen und am Abend, das ist seine einzige Abwechslung.

Mit allen Sinnen genießt der Mann aus der staubigen Ebene seiner Heimat die Seeluft, den Duft, den der Wind zufächelt, das Geräusch der Wellen, die Gezeiten, die Farben. Davon kann er nicht genug bekommen. Das ist einfach schön. Wahrhaftig. Schön ist ein kleines, einsilbiges Wort und beschreibt so viel, so viel. Deswegen lohnt es sich, hier zu sein. Aber wenn eine leichte Brise fächelnd über reifes Getreide bläst, bilden sich auch auf der Pannonischen Ebene goldene Wogen. An die war er zu sehr gewöhnt, um sie genießen, bewundern zu können, aber waren sie nicht schön – die goldenen, genau wie die blauen Wellen?

Jahrzehntelang hat er täglich mehr als ein Dutzend Entscheidungen treffen müssen, die die Gesundheit und sogar das Leben anderer Menschen betrafen, täglich! Was ist die richtige Diagnose, welche Medikamente sind zu verschreiben, muss man den Patienten zu einem Facharzt schicken und zu welchem, welcher Arbeiter der Zuckerfabrik muss krankgeschrieben werden? Er war sich seiner Verantwortung stets bewusst, seiner großen Verantwortung. Wie, um Himmels willen, sagt man auf Latein Verantwortung. Im fällt nur das Wort officium ein, meine Verantwortung, officium meum, aber dieses Wort kann viel bedeuten, Pflicht, Amt, Aufgabe … Ja, seine Verantwortung den Patienten gegenüber war auch Pflicht, sein Amt, seine Aufgabe … Hier wartet nur die Wahl der Gaststätten, die Einteilung der Tagesstunden auf seine Entscheidung, und was er anziehen, welchen bunten Fetzen er um den Hals binden soll, und niemandem ist er verantwortlich, denn was er diesbezüglich tut, kann man nicht sein Amt, seine Pflicht nennen, seine momentane Aufgabe ist es allerdings. Niemandem ist er verantwortlich, außer sich selbst. Niemandem? Und seiner Familie? Und müsste er nicht endlich entscheiden, wie er nach Hause fahren will? Ist das nicht seine gottverdammte Pflicht? Jetzt gebraucht er in Gedanken Worte, die er nie ausgesprochen hätte, nie. Seit seiner Studentenzeit nicht mehr. Diese Entscheidung verschiebt er immer wieder. Als Arzt durfte er Entscheidungen über das Wohl der Kranken nie verschieben. Keinen Augenblick lang. Es wäre eine Pflichtverletzung gewesen.

Soll er ins Casino gehen und schnell den Rest seines Geldes verspielen? Warum nicht? Und wenn er wieder gewinnt, viel gewinnt, gerade weil er verlieren will? Einmal hat er gespielt, gesetzt und gewonnen. Einmal ist keinmal.

Er hat überhaupt nicht überlegt, wie lange er schon hier ist, wie viele Wochen und Monate vergangen sind, seit sich Viktor verabschiedet hat, als ihm eines Morgens an der Rezeption eine Einladung der Hoteldirektion überreicht wird, der Herr Doktor sei nun schon so lange, mehr als ein Jahr Gast des Hotels und man gebe sich daher die Ehre, ihn und bis zu fünf seiner Gäste zu einem Diner auf Rechnung des Hauses im Festsaal einzuladen.

Fünf Gäste? Eine gute Gelegenheit, Ira einzuladen. Warum nicht. Aber nur sie allein? Das geht auch nicht. Dann eben diesen Deutschen, diesen Herrn Rohrbacher, den hat er ja auf demselben Ausflug wie die russische Tänzerin kennengelernt, er hat noch irgendwo seine Visitenkarte. Das würde den Zweifel beseitigen, er lade ein schönes junges Mädchen ins Hotel ein, um … Außerdem beschließt er, den Schneidermeister mit Gattin einzuladen, denn andere Bekanntschaften hat er nicht in der Stadt, in der er nun schon so lang lebt. Es hat ihm niemand gefehlt. Nein, das ist schon wieder eine Selbsttäuschung, eine Lüge. Gesellschaft hat ihm sehr gefehlt, sehr. Gespräche, Gedankenaustausch. Menschsein.

Moritz – Maurice – besteht darauf, dass sich Ira für diese Gelegenheit, natürlich auf seine Rechnung, etwas Hübsches nähen lässt, in so einem Hotel erscheint man in Abendtoilette. Sie ziert sich nicht lange, erklärt aber, sie sehe es bloß als Darlehen, eines der Mädchen, die bei ihr Ballett lernten, sei eine tüchtige Schneiderin. Immerhin – sie nimmt das Geschenk an. Tatsächlich erscheint sie an diesem Abend in einem halblangen stahlgrauen Kleid, das ihre schmale Taille betont. Rohrbacher kommt im schlecht sitzenden Smoking, vielleicht ist er ausgeliehen, der Schneidermeister und seine Gattin besitzen selbstverständlich angemessene Garderobe. Gute selbständige Handwerker gehören in Monte Carlo zum angesehenen Bürgertum, nur eine Stufe unter der Elite, freilich nur, wenn sie geborene Monegassen sind.

Moritz findet Ira schön. Sehr schön. Er fragt sich jedoch warum. Die meisten Menschen hält er für hässlich. Sich selbst auch. Was ist wo für wen schön? Das Pavianweibchen ist sicher überzeugt von der Schönheit des roten Gesäßes seines Männchens. Japanerinnen lieben angeblich die feisten Sumoringer, die für Europäerinnen unappetitliche Kolosse sind. Warum ist ein schlankes Mädchen wie diese russische Tänzerin schön, sind es ihre schwarzen Katzenaugen, ihre

Bewegungen, ihre … was? Ist es die Ausstrahlung? Und seine Viola? Ist sie nicht mehr schön? Und wie war Klara?

War es eine schlechte Idee, so eine Tischgesellschaft einzuladen? Zu lange schon hat er hier einsam gelebt, in seinem früheren Leben ist er nie allein gewesen. In der Stadt im Banat hat er die längste Zeit seines Lebens verbracht, das Gymnasium besucht, nach dem Studium jahrzehntelang als Arzt ordiniert, ihm kommt vor, als wäre das immer schon so gewesen, immer befand er sich inmitten einer angeregten Gesellschaft, im Restaurant der Bierbrauerei, wo ein Krügel mit seinem eingravierten Namen im Regal stand, im Gasthaus auf dem Hauptplatz, einmal wöchentlich beim Kartenspiel mit Kollegen, als Freimaurer in ernster Gesellschaft, in der abonnierten Loge im Theater, auf der Straße, wo er auf Schritt und Tritt von Patienten, Bekannten, Freunden begrüßt, freundlich und höflich angesprochen wurde. Niemand, nicht einmal er selbst, bemerkte, dass er relativ schweigsam war, weil er stets von lärmender Gesellschaft umgeben war. Er war der älteste Arzt, der noch ordinierte, gerne konsultiert von jüngeren, besser geschulten, aber weniger erfahrenen Kollegen. Jetzt ist er mehr als ein Jahr lang einsam gewesen. Einsam. Allein. Ein Solist ohne Orchester. Und ohne Publikum. Abgesondert von dem aufwühlenden Leben der Stadt an der azurblauen See. Und doch: Als er im Schaufenster der Buchhandlung eine medizinische Zeitschrift entdeckt, die er früher abonniert hatte, bleibt er nur einen Augenblick stehen. Kauft sie jedoch nicht. Nach fünfzig Jahren Studium und Arbeit mit Patienten, für die Patienten, kann er nicht mehr. Hat keine Kraft mehr. Will seine Ruhe haben. Und hat doch furchtbare Angst vor dieser Ruhe. Er sehnt sich nach einer Camera silens. Weiß er nicht, dass es in ihr nicht auszuhalten ist?

Für das Abendessen zu eigenen Ehren hat sich Moritz vorbereitet wie auf eine Prüfung. Eine Aufgabe. Wie würde es ausgehen mit diesem eigentlich unbekannten Deutschen, mit diesem ehrlichen Handwerkerehepaar und der jungen Schönen, der er sich unbegründet so nahe fühlt und doch so fern, als wäre sie eine geheimnisvolle Gestalt von einem anderen Planeten, die sich auf die Erde verirrt hat.

Er hat überlegt, was er einführend sagen wird, über sich selbst und warum er schon so lange in diesem schönen Hotel verweilt, in dieser wunderbaren Stadt – die Monegassen anlächelnd und ihnen zunickend – am Meer, das einem Menschen aus einer Gegend, deren Unendlichkeit anders war, flach, mit Rindvieh und Schweineherden bevölkert, jeden Tag wie ein neues Wunder vorkomme. Und deshalb sei er dankbar, erklärt er. Angereist sei er, um zum ersten Mal in seinem langen Leben Urlaub zu machen, er habe unerwartet im Casino einen Riesengewinn gemacht, obwohl er kaum etwas von Roulette gewusst habe, viel Geld gewonnen, und dann habe er beschlossen, fast abergläubisch beschlossen, es unbedingt hier auszugeben. Dann sei der Krieg ausgebrochen. Schrecklich. Ihn jedoch berühre er nicht, sein ältester Sohn lebe in der Republik Südafrika, seine Tochter in Amerika, seine Frau, der jüngste Sohn mit seiner Familie in seiner Heimatstadt, im Banat, das sei in Jugoslawien, Gott sei gelobt und Dank, einem neutralen Staat, so wie Monaco. Und wenn das Geld einmal ausgegeben sei, würde er entscheiden, ob er erst einmal nach Amerika fahren wolle, um die Tochter und seine dortigen Enkelkinder, die er noch nie gesehen habe, zu besuchen, oder gleich nach Hause. Er fühle sich zu alt, um als Arzt weiterzuarbeiten, die Hände seien unsicher geworden, die Sehkraft schwächer, es sei vernünftig zu wissen, wann man aufhören müsse am Abend eines reichen Lebens. Das war gelogen, denn er rasiert sich mit sicherer Hand und sieht gut, braucht trotz seines Alters nicht einmal eine Brille.

Merken seine Gäste, dass er optimistischer daherredet als ihm zumute ist?

Der Schneidermeister nickt freundlich, seine Gattin beginnt mit Ira ein Gespräch über die neueste Mode, die immer kürzer werdenden Röcke der Damen und ob es gut sei, dass immer mehr Frauen Hosen tragen. Ira verteidigt eifrig das Recht, Bein zu zeigen, wer das nicht wolle, sei ja nicht gezwungen, sich anders zu kleiden als bisher. Rohrbacher wendet sich plötzlich mit einer Frage an Moritz:

»Entschuldigen Sie, Herr Doktor, sind Sie etwa mosaischen Glaubens?«

»Nein!«, antwortet der alte Jude lauter, als er beabsichtigt hat, und lehnt sich straff zurück. »Nein. Ich bin überhaupt keines Glaubens. Ich bin ungläubig, ein Atheist, so etwas gibt es, mein Herr! Ich nehme jedoch an, dass Sie mich nicht nach meiner religiösen Überzeugung gefragt haben, sondern nach meiner Rasse. Auf der Grundlage der Gesetzgebung Ihres Landes bin ich Jude. Jawohl. Jude! Obwohl ich mich für mein Judentum bisher nicht besonders interessiert habe. Und jetzt, nachdem das geklärt ist, entschuldigen Sie, wenn ich jetzt Sie etwas frage, Monsieur Rohrbacher«, absichtlich mit starkem Akzent spricht er den Namen aus, wie es Franzosen tun würden – Rohbasche. »Dass Sie Arier sind, steht wohl außer Frage, aber was machen Sie hier in Monte Carlo?«

Die übrigen am Tisch sind zusammengezuckt und schweigen. Der Deutsche bleibt ruhig, antwortet langsam, vielleicht eine Spur vorsichtiger die richtigen Worte in der Sprache suchend, die er nicht so gut beherrscht:

»Ich fragte in der besten Absicht, um Ihnen einen Ratschlag zu erteilen, falls Sie es erlauben, verehrter Herr Doktor. Ja, Monaco ist ein selbständiges, neutrales Land, angelehnt an Frankreich, das, da gibt es nichts zu verbergen, nachdem es dummerweise dem Großdeutschen Reich den Krieg erklärt hat, zum Teil besetzt ist, zum anderen Teil eine Regierung hat, die Berlin nahesteht. Und es wäre irrig, nicht davon auszugehen, dass sich die neue Ordnung bald auch auf den Balkan ausdehnen wird. Die Ziele der Reichsregierung und des Führers sind klar, da ist es unerheblich, was meine private Meinung ist. Eines dieser Ziele ist ein judenfreies Europa. Deshalb wäre es gut, wenn Menschen jüdischer Herkunft, die dazu finanziell in der Lage sind, die Möglichkeit ergriffen, den Kontinent zu verlassen. Freiwillig. Sie fragten, was ich bin, Herr Doktor? Ein kleiner Kaufmann bin ich, nicht gebildet genug, Ihnen Ratschläge zu erteilen. Bitte vergessen Sie das alles, wenn sie können …« Da er bemerkt, wie ihn die beiden Monegassen und die Tänzerin anstarren, holt er mit der rechten Hand weit aus. »Ich vertrete gewisse Geschäftsinteressen. Zu meinen angenehmsten Aufgaben gehört es, Wein nach Deutschland zu exportieren für unser Heer, das nach seinen Siegen die besten Tropfen verdient, die aufzutreiben sind.«

Kellner Philippe erscheint im richtigen Augenblick, um die gespannte Situation zu unterbrechen und geschickt eine neue Flasche Bordeaux zu entkorken. Wahrscheinlich hat er den Wortwechsel zwischen seinem sympathischen Gast und diesem Boche gehört, aber seinem Gesichtsausdruck ist es nicht anzumerken.

Der Schneidermeister ist ein guter Psychologe, wie die meisten Handwerker, die mit viel Kundschaft zu tun haben, natürlich versteht er genau, was sich soeben abgespielt hat. Er führt das Gespräch in ruhigere Zonen und beginnt, über den französischen Wein zu sprechen, der der beste der Welt sei, sosehr sich auch Italiener und Spanier bemühten, dieses Niveau zu erreichen, und er doziert, welche Gläser welche Weine am besten zum Ausdruck brächten, das sei wichtig, werde aber immer öfter vernachlässigt. Natürlich nicht in einem Etablissement wie diesem, in das der Herr Doktor freundlicherweise eingeladen habe. Jeder guter Monegasse kennt sich mit Essen und Trinken aus. Die Atmosphäre beruhigt sich, das Dessert kommt auf den Tisch, Champagner wird kredenzt. Und zum Toast spricht wieder der Schneider seine allerbesten Wünsche aus, möge ihnen allen in Erfüllung gehen, was sie sich erträumten, er müsse nun leider aufbrechen, morgen früh aufstehen, so gut und brav seine Gesellen auch seien, er müsse in der Werkstatt stets nach dem Rechten sehen.

Nachdem sich das Paar verabschiedet hat, begeben sich Moritz, Rohrbacher und Ira zu Kaffee und Cognac in den großen Salon. Moritz und der Deutsche sind jetzt vorsichtig, wissen nicht, was sie sagen, wie sie das Gespräch weiterführen sollen, also ergreift die Tänzerin das Wort, erzählt von der Arbeit mit der Truppe, die sie gebildet hat, erwähnt das Problem von Kostümen und Kulissen, vor allem die Kosten der Miete für einen Saal, in dem sie zum ersten Mal auftreten wollen, Druckkosten für Plakate und Flugblätter. Falls sie ihre Pläne überhaupt je werde verwirklichen können … Rohrbacher sagt, er habe eine Idee, vielleicht könnten einige Weingüter, mit denen er in Verbindung stehe, Hilfe leisten. Die Bedingung wäre wahrscheinlich, dass sie in der Pause eine kleine Degustation veranstalten dürften. Moritz ist überrascht, mit welcher Begeisterung sich das Mädchen bedankt, er hat eigentlich gedacht, dass eine Ballettvorstellung und eine so triviale Sache wie Reklame für Getränke nicht zusammenpassen, sagt aber nur, er würde bedingungslos für Unterstützung sorgen. Ira ist begeistert, Wein und Champagner haben auch zur natürlichen Röte ihrer etwas asiatisch anmutenden Wangen und dem Blitzen ihrer schwarzen Augen beigetragen, sie steht auf und beginnt sich für diesen wundervollen, einzigartigen Abend zu bedanken. Der Deutsche erklärt sofort, er würde sie gerne zu ihrer Wohnung begleiten, und so bleibt dem Gastgeber nichts anderes übrig, als mit ihnen bis vor das Hotelportal zu gehen. Dort bietet ihm das Mädchen ihr Gesicht an und er küsst väterlich ihre heiße Wange. Dieser Duft …

Von einigen Kirchen schlägt es Mitternacht. Er blickt ihnen nach, hofft, sie würde sich noch einmal umdrehen. Vergebens. Aber eingehakt hat sie sich bei dem Deutschen nicht. Ein Deutscher, eine schöne Russin und ein alter Jude in Monte Carlo, geht es ihm durch den Sinn, wie schon nach dem Bootsausflug, und langsam schlendert er um das Hotel herum zur Uferpromenade, setzt sich auf eine Bank und lauscht dem Meer, das mit seinen Wellen seine ewige Geschichte unter jeder Mondnacht erzählt. Das ist die Stille, die er ersehnt hat, keine Todesstille, sondern das Flüstern der Natur, der See, des leichten Windes, unterbrochen nur einmal durch den Ruf einer Eule. Eine Eule hat er schon in seiner ersten Nacht hier gehört. Ist es dieselbe?

Ich setzte mich an den Schreibtisch meiner Suite, um meiner Frau Viola endlich den Liebesbrief zu schreiben, den sie verdient. Es will mir nicht gelingen. Ich weiß nicht, wie ich anfangen soll, also schreibe ich nur für mich auf, was niemand lesen wird. Wenn du Rezepte schreibst, musst du sehr aufpassen, jedes

Gramm ist wichtig, wenn du, so wie ich jetzt, nur vor dich hin schreibst, musst du nicht so genau überlegen, welches Wort du wählst. Vielleicht werden eines Tages, vieleicht sogar bald, Apotheker Fertigprodukte verkaufen, schon jetzt bieten pharmazeutische Firmen in ihren Prospekten solche Medikamente an. Ich aber glaube, jeder Patient braucht individuell ein anderes Heilmittel, der Arzt muss ihn und seine Krankheit genau kennen, um das Richtige zu verschreiben, dann mischt der Apotheker das Pulver oder den Saft. So habe ich es gelernt, so bin ich gewohnt vorzugehen, präzise jedes Element des Pulvers oder der Tinktur, die ich ordiniere, abwägend. Mit den Worten jedoch gelingt mir das nicht. Ich kenne keine Apothekerwaage, mit der man die zukünftige Wirkung von Worten messen könnte, wie man einer Frau, die einem langweilig geworden ist, sagt, wie sehr man sie liebt. Phrasen zu dreschen, wie sie es, ohne nachzudenken, macht, gelingt mir einfach nicht. Ich bin nicht imstande, einfach hinzuschreiben »Ich liebe dich«. Warum nicht? Drei Wörtchen. Vier Silben. Ich weiß es nicht. Was bin ich, wer bist du? Und was alles ist lieben? Und was ist es nicht? Ich kann Worte wie »Liebe«, »lieben« in kein Rezept schreiben. Waren die haltlosen Bewegungen, die Klara und ich in einem Budapester Haustor gemacht haben, Liebe? Im Begriffssinn der Opern Verdis und Puccinis und der französischen Dichter des neunzehnten Jahrhunderts gewiss nicht.

Ich kann auch nicht nur einfach so sagen, dass ich in Viola verliebt war. Verliebt bin. Gefallen hat sie mir, ja. Einander nähergekommen sind wir uns in unserem gemeinsamen Leben. Sicher. Natürlich. So nahe, dass es öde geworden ist, vielleicht weil es meine Pflicht als Gatte ist, ihr nahe zu sein, und meine Pflichten nehme ich sehr ernst – aber liebt man seine Pflichten? Liebe ich sie, Viola? Oder im Gegenteil? Im Gegenteil auch nicht, keineswegs, denn das Gegenteil wäre hassen … Und so verirre ich mich zwischen den Worten, wenn ich etwas über meine Emotionen aufschreiben will. Ich bin kein Professor Freud. Ich bin kein Dichter.

Selbstverständlich war sie unschuldig, als wir geheiratet haben. Alles andere wäre zu jener Zeit, und das noch dazu unter Juden, undenkbar gewesen. Und ebenso selbstverständlich hatte ich einschlägige Erfahrungen, wie jeder junge Mann, besonders ein studierter. Das war normal. Normal ist, was Normen erfüllt. Welche Normen sind für Liebe, Verliebtsein, Geliebtwerden vorgeschrieben? Ich habe mir hier auch eine Enzyklopädie angeschafft und in ein Regal meiner schönen Suite gestellt, dort macht sie sich gut, schenkt der Hotelsuite etwas Privates, etwas von Zuhausesein, und in ihr finde ich, die Norm sei eine allgemein angenommene Regel für das Zusammenleben von Menschen. Ich meine, das ist auch eine gute Definition für die Ehe. In meinem Brockhaus steht für Liebe »opferbereite Gefühlsbindung, Zuneigung, im engeren Sinne: geschlechtsgebundene Gefühlsbeziehung«. Mahlzeit! So beschrieben, wird doch jede »Gefühlsbindung« oder »Zuneigung« sofort erstickt.

Nach allen diesen Überlegungen könnte ich auf das Geschäftspapier des Hotels Hermitage schreiben »ich liebe dich, ich habe dich immer geliebt, in alle Ewigkeit werde ich dich lieben«, und fertig – aber solche Worte an Viola adressieren kann ich nicht, das wäre unwahr, lügen will ich nicht, kann ich nicht, wirklich nicht.

Ich habe eine Pause gemacht, gelesen, was hier steht, komme in Versuchung, das Papier in kleine Stücke zu reißen und in den Papierkorb zu werfen, der leer und erwartungsvoll neben dem Schreibtisch steht, und neu anzufangen, aber ich tue es nicht. Noch nicht. Ich kann es später immer noch tun.

Als ich sie kennengelernt habe, war Viola schlank, zierlich, verschämt, ein erschrockenes Mädchen. Wann hat sie angefangen, an Gewicht zuzulegen? Leicht finde ich eine erste Antwort: Es war nach den Schwangerschaften mit unseren Kindern, ihre Wespentaille hat sie nicht zurückgewonnen, auch ihr Gang war nicht mehr so leichtfüßig, fast schwebend, wie vorher, aber dick war sie nicht. Noch nicht. Kochen konnte sie, später anweisen, wie unsere Bedienung kochen soll. Nicht nur die begann sie herumzukommandieren, sondern auch die Kinder, auch mich. Zu Hause ließ ich sie gewähren, da wollte ich meine Ruhe haben, keinen Zank. In meine Arbeit versuchte sie sich nie einzumischen, es interessierte sie gar nicht, was ich tagsüber machte. Ganz am Anfang unserer Ehe versuchte ich noch, beim Abendessen davon zu erzählen, aber da ich merkte, dass sie nicht aufmerksam zuhörte, gab ich es auf. Sie berichtete, was sie von ihren Freundinnen in der Konditorei an städtischem Tratsch gehört hatte und über neue Rezepte. Kochrezepte. Für mich war ein Rezept das, was der Arzt dem Patienten verschreibt, keine Backanleitung für Mandeltorten. Wir aßen gut, das war mir wichtig.

Die Kinder hatten Angst vor ihrer Mama, aber nur als sie ganz klein waren. Als sie schon zu dritt waren, bildeten sie eine richtige Kampfgemeinschaft und dichteten:

»Veilchen heißt unsere dicke Mutter
Und sie zerfließt wie heiße Butter.«

Oder sie nannten sie einen dreitürigen Kleiderschrank.

Selbstverständlich musste ich sie vor den Kindern in Schutz nehmen, warnte, man müsse seine Eltern ehren, ehre deinen Vater und deine Mutter, das steht einige Male in der Bibel, das ist das vierte Gebot des Herrn, Juden sollen das wissen, besonders den Müttern soll man dankbar sein – es fiel mir jedoch manchmal schwer, nicht mit ihnen mitzulachen.

Sie ist dick geworden, meine Viola, ich weiß nicht, wie viel sie wiegt, immer öfter muss ihr die Schneiderin die Kleider und Röcke erweitern, ich jedoch kann immer noch den festlichen Anzug anziehen, den ich zur Hochzeit getragen habe, er hängt in dem Teil des Schrankes, der mit dem Mottenpulver bestäubt ist. Wäre sie nicht meine Gattin, sondern eine Patientin, würde ich sie warnen, sagen, dass ihre Leibesfülle gefährlich für ihre Gesundheit sei. Ist es Feigheit, dass ich ihr so etwas nicht vorhalte, nur weil ich meine Ruhe bewahren will, denn wer weiß, wie sie darauf reagieren würde? Mag sein, dass es auch eine Frage der Gene ist, von denen wir so wenig wissen, dann wären meine Kinder nach mir geraten, denn sie sind schlank. Viola isst einfach zu viel, nicht nur zu Hause, auch noch im Kaffeehaus und in der Konditorei. Ich esse nicht viel, gerne, aber gut, richtig gut. Ich halte mich für einen Gourmet, der sehr wohl weiß, dass der Plebs einfache Speisen vorzieht, diejenigen, die sich für fein halten, wiederum das Besondere und Teure – jene ganz wenigen jedoch, die wirklich wissen, was gut ist, wieder das Derbe der Bauern und der Arbeiter. Nie kann ein Hummer so gut schmecken wie ein gebratenes Spanferkel oder Lamm oder ein richtiges Cassoulet, weiße Bohnen mit dreierlei Fleisch, möglichst vom Schwein, von der Gans und vom Lamm, und scharfen Würsten.

Ich erinnere mich genau, wie Viola mir erschien, als wir geheiratet haben, im Laufe der ersten Jahre unserer Ehe, und auch wie sie jetzt aussieht. Wann und wie hat sie sich verändert, ohne dass ich es bemerkt habe? An diese Zwischenzeit kann ich mich überhaupt nicht erinnern. Und warum bilde ich mir ein, ich hätte mich nicht verändert, nicht so sehr, nur weil mir alte Anzüge noch immer gut stehen? Ich habe an mir nichts bemerkt, aber wie sehen mich andere? Meine Kinder? Meine Patienten?

Ich würde ja gerne jemand anderen im Spiegel sehen, wenn ich mich rasiere, nicht diese Greisenvisage, die mir jetzt entgegenblickt.

Über Liebe wollte ich schreiben und bin beim Essen und Trinken angelangt. Ein weiterer Beweis, dass ich mit der Liebe nicht umgehen, nichts über sie zu schreiben vermag. Diese Franzosen hier, mein Umgang schon seit Monaten – ach was, kein Umgang, ich lebe nur unter ihnen –, die Franzosen also, und was sind die Monegassen anderes als Franzosen, die flüstern ihrer Geliebten ins Ohr: mon petit chou, mein kleines Kohlkräutchen. Man denke, was die Angebetete bei uns sagen würde, wenn man ihr auf Ungarisch oder Serbisch so die Liebe erklären wollte! Moj mali kupusu. Kedves kiss kaposztám … Mein kleines Kohlkräutchen! Unvorstellbar.

Meine Gattin isst am Abend trotz reichhaltigen Frühstücks und zwei Besuchen in der Konditorei noch alles, was vom üppigen Mittagmahl übrig geblieben ist, ich hingegen liebe zwei in der Schale gekochte Erdäpfel mit etwas Salz und Butter, aber es müssen gute Erdäpfel und frische Butter sein. Haben wir uns wegen so verschiedener Vorlieben und Gewohnheiten entfremdet? Entfremdet? Ein zu schwaches Wort.

Ira genießt jeden feinen Bissen, jeden guten Schluck. Ein Leckermäulchen. Sie schaut mich dann so an, dass ich glaube, sie will, dass ich weiß, wie gut es ihr tut. Auch schweigend sagt sie viel. Das beherrscht sie blendend. Sie geht vornehm mit dem Essbesteck um, ohne geziert zu wirken. Dabei kommen ihre schönen Hände, ihre langen Finger zur Geltung. Das muss sie von ihren Eltern haben, von der hohen Gesellschaft, die aus Russland geflohen ist, so etwas kann man nicht in der Geschwindigkeit erlernen. Oder doch, wenn man eine Tänzerin ist, die jede ihrer Bewegungen unter Kontrolle hat? Ein Drittel der Portion lässt sie immer stehen. Hat man ihr gesagt, dass es so Sitte ist oder will sie nur zeigen, dass sie nicht aus Hunger auf meine Einladung angewiesen ist? Viel kann sie nicht verdienen in einem Blumenladen, und anziehen muss sie sich als junge Frau auch und Kosmetik kaufen, was weiß ich … Ja, was weiß ich?

Wie bin ich zu Ira gelangt, obwohl ich einen Liebesbrief an meine Frau schreiben wollte? Zu Ira, die meine Enkelin sein könnte, aber ich denke über sie nicht wie über eine Enkelin, sondern … Otschi tschornje … Wie geht der Text weiter? Der Refrain ist wohl: kak ja ljublju vas. Oder so ähnlich. Ich höre auf.

Das war der Liebesbrief über meine Ehe.

Ira schlägt vor, das Ozeanografische Museum zu besuchen. Zuerst könnten sie dort in der Bar ein Glas Champagner trinken und hätten dabei eine wunderbare Sicht auf die See. Das Museum sei gleichzeitig ein Forschungsinstitut, ein imposantes Gebäude, ein richtiger Palast, erbaut auf einem steilen Fels, errichtet von Fürst Albert I., den man auch le Prince navigateur nennt, den Seefahrerfürsten, der von seinen Reisen in ferne Länder keine dummen Souvenirs, sondern echte Raritäten mitbrachte, um sie seinen Untertanen und allen Besuchern des Landes zu zeigen. Anlässlich der feierlichen Eröffnung erklärte er:

»Hier, meine Herrschaften, können Sie sehen, was Monaco tut, um aus dem Meer einen neuen, stolzen und unverletzlichen Tempel, geweiht der neuen Gottheit, der Intelligenz, auftauchen zu lassen.«

»Du hast das Zeug zur Fremdenführerin, Ira!«, sagt Moritz. »Das hast du alles auswendig gelernt?«

»Kann ich ja noch werden, wenn es sich auszahlt. Haben Sie etwas bemerkt?«

Unwillkürlich hat er die junge Frau geduzt, aber sie siezt ihn zurück:

»Was? Dass er in einem ultrakatholischen Land von einer neuen Gottheit spricht?«

»Nein, nicht das meinte ich, sondern dass er nur Herrschaften angesprochen hat, heutzutage schickt es sich, Damen und Herren zu sagen – Mesdames et Messieurs. Bedeutet das, dass bei der Eröffnung keine Damen anwesend waren? Oder dass man sie ignoriert hat? Ist so jemand wie ich hier überflüssig?« Dabei fasst sie den alten Herrn unter dem Arm. Sie zieht ihn von einem Aquarium zum anderen, aber Moritz – nein, Maurice! – hält vor einer Tafel, die einen sensationellen Fund vorstellt, den Lepidoteuthis grimaldii. Das Mädchen fragt, warum man stehen geblieben sei, hört zuerst etwas ungeduldig, dann zunehmend neugierig und interessiert zu, es handelt sich um eine zehnarmige Tintenfischart, allerdings mit Schuppen wie Fische, die nur in Ozeantiefen unter tausend Metern lebt. Sie pflanzt sich auf eigentümliche Weise fort: Die Drüsen befreien Eizellen, die nicht nur im Leib des Muttertiers befruchtet werden können, sondern auch frei sich verbindend im warmen Meer.

»Was für ein hässliches Tier, das arme!«, ruft Ira. »Kein Wunder, dass sie sich befruchten ohne einander zu berühren und anzuschauen. Würde Ihnen so etwas gefallen, Maurice? Ich mag Berührungen, aber möglichst ohne Befruchtung.«

Will sie nur auf naive Weise geistreich sein? Oder ist sie bewusst anzüglich? Sie gehen weiter. Arm in Arm. So wie eine Enkelin ein Museum mit ihrem Opa besichtigen würde?

»Worüber denken Sie nach, Maurice?«

»Ach, nichts!«

Bald hat Ira einen neuen Vorschlag. Sie ergreift die Initiative, um bei Moritz zu sein. Nachdem sie am Abend das Blumengeschäft geschlossen hat, spaziert sie mit dem alten Doktor in den exotischen Park von Monte Carlo – den Jardin Exotique de Monte Carlo. Er ist erst vor wenigen Jahren, 1933, eröffnet worden, befindet sich auf dem steilen Abhang eines Berges mit Blick auf das Ozeanografische Institut, den Fürstenpalast und die offene See. Sie haben Glück, die untergehende Sonne wirft goldene Strahlen auf die türkis-silbrigen Wellen und das

Mädchen seufzt, ein Kleid oder zumindest ein Schal mit dem Spiel so vieler verschiedener Farben, die trotzdem in rätselhafter Harmonie stehen, würde sie über die Maßen gerne tragen. Man ist also so weit, dass sie sich Geschenke bestellen kann.

Tausend verschiedene Kakteen, durch üppiges Grün und alle Farben schlängelnde Pfade, kleine Brücken über künstliche Wasserläufe, eine Grotte mit Stalaktiten und Stalagmiten. Ira den Vortritt lassend legt Moritz seine Hand schützend auf ihre Schulter, nachdem er einen Augenblick lang gezögert hat, ob das in Ordnung ist, und zum Schluss kommt, es sei eine großväterlich liebkosende Geste. Aber wenn er sie umarmen und die Wärme ihres Körpers fühlen würde, dann ... Jedoch auch so regt sich seine Männlichkeit. Ira hebt ihre Schulter sanft seiner Hand entgegen. Oder bildet er sich das nur ein?

Danach setzen sie sich in das alte Gasthaus Brasserie de Monaco. Obwohl das Wort eigentlich Brauerei bedeutet, heißen so Gaststätten, in denen es mehr warme Speisen zur Auswahl gibt als in einem Bistro und weniger als in einem Restaurant. Hier aber handelt es sich tatsächlich um eine kleine Bierbrauerei, Monacos älteste, 1905 gegründet. Sie bestellen Steaks, und obwohl sie nicht danach gefragt haben, entschuldigt sich der Kellner, vom Pferd gebe es im Augenblick kein Steak, aber man würde die Portionen vom Rind so zubereiten, dass sie den Unterschied nicht merken würden und mit Cognac flambieren, wenn es recht sei? Es ist ihnen recht. Dazu einen alten Bordeaux? Ja, bitte. Ira fragt, ob man in seiner Heimat Pferdefleisch esse. Eigentlich nicht, antwortet Moritz, aber seiner Frau hat er schon Pferdefilet untergejubelt, es sei nämlich gesund, enthalte viel Eisen und wenig Fett. Dann ärgert er sich, weil der Arzt in ihm unbeabsichtigt wieder einmal zum Vorschein gekommen ist.

Starkes Bier würde auch ganz gut zum Pferdefleisch passen, sagt Moritz und erzählt, dass es in der Brauwirtschaft seiner Heimatstadt für Stammgäste persönliche Bierkrüge gebe, mit eingravierten Namen.

»Meine Hochachtung!«, sagt das schöne Mädchen, und der alte Herr ist nicht sicher, ob es nicht ironisch gemeint war.

Es ist schwierig, einen passenden Ort für Iras ersten Ballettabend, ihre erste Choreografie in Monte Carlo zu finden. Rohrbacher ist es nicht gelungen. Mag sein, dass er sich nicht besonders bemüht hat. Am Ende erklärt sich das Hotel Hermitage bereit, seine Salle Belle Époque zur Verfügung zu stellen, die Degustation kann in der Lobby stattfinden. Keiner außer der Direktion soll erfahren, dass le docteur Carpaty die Miete dafür bezahlt, Diskretion war seine Bedingung. Ira ist überglücklich. So ein Hotel als Schauplatz für ihre erste Arbeit, die Möglichkeit, sich und ihre kleine Truppe in so einem Milieu vorzustellen! Sie bittet Maurice, nicht zu den Proben zu kommen, es würde sie verwirren.

»Ich werde für Sie tanzen, Maurice, ich bin Ihnen ja so dankbar, Ihnen und Monsieur Rohrbacher.« Moritz registriert ungern, dass sie den Deutschen in einem Satz mit ihm erwähnt. Sie weiß ja nicht, dass er allein … Er hat trotzdem gedacht, er sei für sie … Was? Also nichts. Nichts Besonderes. Wieso auch? Wahrscheinlich geht sie auch mit dem Deutschen manchmal spazieren. Sehenswürdigkeiten besichtigen. Und essen. Und ein Glas Wein trinken. Und? Oder mit jungen Leuten, wie es sich schickt. Hätte er ihr zuflüstern sollen, dass er, er allein, den Saal gemietet hat? Gott behüte!

Es stellt sich heraus, dass die Idee, Iras ersten Auftritt mit ihrer eigenen Truppe in dem alten, stadtbekannten Grandhotel zu veranstalten, ausgezeichnet war. Moritz hat sich überlegt, wie er sich kleiden sollte. Die Hotelgäste erscheinen oft sogar zu den alltäglichen Diners im Smoking, die Damen im Abendkleid. Es war kein Fehler, dass er einen gestreiften dunkelgrauen Anzug gewählt hat und eine dunkelblaue Fliege mit silbernen Punkten, denn im Publikum sind Herrschaften in Abendgarderobe, wahrscheinlich an einer Abwechslung interessierte Hotelgäste. Aber die jungen Leute, Iras Freunde – sicher neugierig und froh, Räume besuchen zu dürfen und dort gratis ein gutes Glas Wein zu trinken, die für sie sonst ein unausgesprochenes Tabu sind – sind formlos bekleidet, die jungen Männer sogar ohne Krawatte, die Mädchen in kurzen, kaum bis über die Knie reichenden Röcken. Ihre Einladungen schwenkend gehen sie am Portier vorbei, der Anweisung hat, heute auch solche Leute hereinzulassen. Er tut es mürrisch, würde man ihn um seine Meinung fragen, er wäre dagegen. Für alle Fälle wurde ein Dutzend Lakaien so aufgestellt, dass außer bekannten Hotelgästen niemand in die anderen Räume, in die Salons oder bis zu den Aufzügen vordringen kann.

Die Klassenteilung stellt sich von selbst ein. Die besser Gekleideten setzen sich in die vorderen Reihen, die Jungen nehmen hinten Platz. Dort wird unbeschwert rumort. Moritz wählt einen Sessel in der Mitte der ersten Reihe, links von ihm nimmt Herr Rohrbacher Platz, rechts ein älteres Ehepaar, man kennt einander aus dem Frühstücksaal, hat sich jedoch gegenseitig noch nicht vorgestellt. Man ist meist sehr diskret in diesem Hotel.

Das Licht im Saal wird gedämpft, die Scheinwerfer bestrahlen nur den freien Teil des Saales, wo ein schöner, sehr schöner junger Mann mit lockigem schwarzem Haar im weißen Smoking mit einer Violine unter dem Arm auftritt. Er wartet einen Augenblick. Ein zweiter Scheinwerfer strahlt auf. Ira im Tutu, dem weißen breiten Ballettrock aus mehreren Schichten Tüll. Streng an ihre schmale Taille geschmiegt, betont es ihre langen, wohlgeformten Beine im weißen Trikot. Moritz hat sie so noch nie gesehen. Diese Beine. Und Schenkel. Aber sich so vorgestellt. So oder so ähnlich. Ihre Schultern und Arme sind nackt. Bisher hat er eigentlich nur ihr längliches Gesicht gekannt, ihre teuflischen Augen, Otschi tschornje.

Der schöne junge Mann hebt die Violine ans Kinn. Nach den ersten Takten flüstert der Nachbar von rechts Moritz ins Ohr: »Der sterbende Schwan, Musik von Saint-Saëns, eine Choreografie von Fokine, ursprünglich für die Pawlowa, das sollte aber auf dem Cello gespielt werden, nicht auf einer Geige!«

Moritz nickt nur. Er möchte zuschauen, nicht die Kommentare seines Nachbarn hören. Ballettvorstellungen hat er selten besucht, gute vielleicht nur zu seiner Studentenzeit in Budapest. Musik interessiert ihn nicht besonders, obwohl er zu Hause eine Schallplattensammlung besitzt, weil sich das für einen gutbürgerlichen Haushalt gehört. Zum ersten Mal kann er aus solcher Nähe beobachten, wie sich Füße auf den Spitzen drehen, nackte Arme andachtsvoll kreisen. Der Nachbar flüstert, sie sei ganz gut, überraschend gut, und Moritz winkt ab, um Ruhe zu haben.

Was soll das mit einem Schwan zu tun haben? Schön, ja, aber Schwan? Ira ist schön, bewegt sich schön, die Melodie ist schön, aber Schwäne kennt er aus seiner Heimat nur zu gut. In jedem Dorf wackeln sie über die Landstraße, wie ihre einfacheren Verwandten, die Gänse. Schwäne schwimmen in Teichen, auch in ruhigen Flüssen. Im Vergleich zu Gänsen geben sie leider zähes, kaum genießbares Fleisch. Mit ihrem schlanken Hals sind sie vornehm im Wasser, aber an Land ungeschickter als Enten, Gänse und sonstiges Federvieh. Er kennt das Märchen vom Schwanengesang, ein Schwan singt göttlich wunderbar, bevor er stirbt, er weiß aber auch genau, dass das Blödsinn ist. Schwäne kreischen hässlich, knirschen unangenehm. Alles Legende, alles Märchen. Märchen sind nie wie das Leben. Das Leben ist nie märchenhaft. Andersens Märchen vom hässlichen Entlein handelt davon, wie es einem ergeht, wenn man von der Mehrheit abgelehnt wird. Wie die Juden. Nur dass den Juden keine so wunderbare Metamorphose gelingt wie dem hässlichen Entlein, das im Märchen zum Schwan wird. Der Märchenerzähler verleiht dem hässlichen Entlein im Voraus Trost, es wird schöner als alle Übrigen im Teich werden. Stolzer. Siegreicher. Für Juden gilt das wahrlich nicht, für sie gibt es auf dieser Welt keinen Trost, und wenn sie nicht glauben, wenn es ihnen nicht gelingt zu glauben, sie, ausgerechnet sie seien das auserwählte Volk, bleibt alles hoffnungslos. Sie verwandeln sich nicht in Schwäne. Möglicherweise passt so ein Märchen zu Ira, der es nicht gelungen ist, sich der Ballettkompanie, von der sie geträumt hat, anzuschließen, sie ist deshalb wie das hässliche Entlein, ausgeschlossen. Wird sie jetzt als Schwan die Schönste? Wenigstens für uns? Für einen Augenblick? Für mich sicher. Wollte sie uns das sagen?

Sie sinkt auf das linke Knie, streckt das rechte Bein aus, beugt den Oberkörper auf zarte, zerbrechliche Weise, noch flittern, flattern ihre Arme, dann schließen sie sich wie Flügel über ihrem Kopf, verbergen ihr Gesicht. Der schöne Geiger, auf den niemand geachtet hat, nimmt sein Instrument vom Kinn, seinen Bogen in die andere Hand und zieht sich einen Schritt zurück.

Starker Applaus. Ira nimmt ihn ernst entgegen, fast als wäre sie überrascht, zeigt auf den Geiger, der tritt jetzt näher und küsst ihr die Hand, ein Boy von der Rezeption überreicht ihr ein Bukett roter Rosen, Freundinnen rennen aus den letzten Reihen nach vorne und werfen ihr Blumen vor die Füße. Sie und der Musiker sind ein hübsches Paar. Erst jetzt zeigt die Tänzerin, wie glücklich sie ist, und der immer unzufriedene Nachbar flüstert, so feiere man das Ende des Abends, nicht die erste Nummer. Moritz schämt sich, weil ihm nicht eingefallen ist, Blumen zu besorgen, nun gut, seine Gratulation könnte zum Schluss kommen, wie der Herr, der sich besser auskennt, gesagt hat, dass es sich schickt, das wird seine Ausrede sein. In der Pause wird er den schönsten Strauß bestellen, der sich auftreiben lässt. Nie hat er dem Mädchen Blumen geschenkt, weil er meinte, das sei albern, sie arbeitet doch in einem Blumenladen.

Ira und ihr Begleiter haben sich zurückgezogen, es wird wieder still im Saal, ins Scheinwerferlicht treten vier hübsche Mädchen in kurzen weißen Ballettröcken und weißen Trikots. Musik setzt über Lautsprecher ein, sogar Moritz kennt sie, aber der Nachbar gibt keine Ruhe:

»Das Repertoire hätte vielleicht einen Sinn, aber wieso stirbt der Schwan und erst danach kommen die kleinen Schwäne aus Tschaikowskis ›Schwanensee‹? Umgekehrt hätte es sein sollen. Die armen taugen freilich gar nicht, erst recht nicht nach dieser Solistin, wie heißt sie gleich ...«

»Ira«, flüstert Moritz zurück. »Irina Fjodorowna Golubewa«, und winkt wieder um Ruhe bittend. Der Applaus ist mäßig, kommt vor allem aus den hinteren Reihen, den Freunden der Tänzerinnen.

Moritz schenkt der nächsten Nummer des Programms keine besondere Aufmerksamkeit. Der bekannte Pas de deux aus dem »Schwanensee« tönt aus dem Lautsprecher, Ira hat augenscheinlich keinen Tänzer gefunden. Den Prinzen tanzt eine dickliche junge Frau mit goldblonder Perücke, sie hebt ungeschickt ihre hübsche, schlanke, aber unsichere Partnerin. Einmal rutscht sie fast aus, aus den hinteren Reihen ist ein erschrockener Seufzer zu hören, ein Fiasko droht, der Nachbar rechts winkt ab, er hat endlich begriffen, dass Moritz keinen Wert auf Kommentare legt.

Nachdem sich die beiden Mädchen zurückgezogen haben, steht Herr Rohrbacher auf. Er lädt zu einer kleinen Weinprobe in der Hotelhalle ein, betont, Deutschland sei glücklich, nach der Wende auf dem alten Kontinent bestens mit Frankreich zusammenzuarbeiten, das begriffen habe, was auch ihm die neue Ordnung bringe, ebenso wie das unabhängige, neutrale Fürstentum Monaco. In diesem Sinne sei er froh, dass auch das Reich zu diesem künstlerischen Ereignis habe beitragen dürfen.

Das Publikum geht auseinander. Moritz bestellt an der Rezeption Blumen und bittet, seine Visitenkarte dem Strauß anzuhängen und diesen nach der Vorstellung der Solistin zu überreichen. Dann nimmt er ein Glas Rotwein und stellt lächelnd fest, wie sich die für diese Umgebung ungewöhnlich, ja, fast ungehörig gekleideten jungen Leute über das Buffet hermachen. Das Ehepaar, das neben ihm gesessen ist, schließt sich Moritz an.

»Gestatten Sie, dass ich mich vorstelle, mein Herr, fast möchte ich sagen, Herr Nachbar. Doktor Schwarz mein Name, Hugo Schwarz, meine Gattin Sarah, allerdings bin ich bloß Doktor der Rechtswissenschaften, ein einfacher kleiner Jurist, kein Mediziner wie Sie.«

Das weiß er also schon, er hat wohl an der Rezeption oder einen der Kellner gefragt. Und die Diskretion, wo bleibt die?

Moritz sagt, es sei ihm eine Ehre, da kommt Rohrbacher vorbei, klopft ihm unverschämt auf die Schulter:

»Ich gehe sie in der Garderobe besuchen, kommen Sie mit?«

»Nein, nein … Ich werde ihr nach der Vorstellung gratulieren …« Ist der Deutsche so intim mit ihr? Moritz wäre es nicht in den Sinn gekommen, Ira ist jetzt sicher verschwitzt, zieht sich wahrscheinlich um. Sie war blendend … Nun, es ist ihre Wahl, ihre Choreografie …

»Sie kennen diesen Boche?«, fragt Doktor Schwarz konsterniert. »Der ist doch von der Gestapo, das weiß ganz Monte Carlo.«

»Na und?« Moritz ist zusammengezuckt.

Nach der Pause bleibt der halbe Saal leer. Das reichere Publikum hat gewiss schon bessere Ballette gesehen und ist gegangen, zögernd füllen die Freundinnen und Freunde der Truppe satt und gut gelaunt die vorderen Reihen.

Aus den Lautsprechern ertönen moderne Schlager, drei Mädchen tragen Männerkleider und schwarze Hüte, drei andere haben leichte, sehr kurze Kleider und Seidenstrümpfe an, es wirkt, als wären es drei zufällige Paare auf einer einfachen Tanzveranstaltung. Danach erscheint der schöne Geiger, gibt bekannt, dass er nun den ersten Satz der Sonate für Solovioline von Johann Sebastian Bach vortragen wird. Doktor Schwarz kann sich nicht zurückhalten und flüstert, der Junge sei ja ganz gut, aber das Programm schlecht, einfach ein chaotisches Durcheinander. Hinten setzen Gespräche ein, auch Pst! Pst! von jenen, die höflich genug sind, die Ruhe zu bewahren. Moritz hat keine Erfahrung, weiß, dass er, was Musik angeht, gut nicht von sehr gut und überwältigend unterscheiden kann, aber gut ist der Kerl gewiss.

Der Geiger verneigt sich tief, nimmt das Jubelgeschrei und

die Bravorufe einiger Mädchen entgegen und kündigt den Cancan aus Offenbachs Operette »Orpheus in der Unterwelt« an. Sehr laut setzen die Lautsprecher ein, fünf Mädchen heben die Beine, lassen das Fleisch ihrer Schenkel aufblitzen und machen am Ende einen unbeholfenen Spagat. Doktor Schwarz kommentiert mit einer Grimasse.

Kaum sind die fünf weg, wird das Licht gedimmt, Ira erscheint in eng anliegendem rosa Trikot, der Geiger in schwarzen Hosen und schwarzem Seidenhemd und beginnt zu spielen. Wild. Aufwühlend. Das Mädchen wirkt in diesem Licht nackt, tut, als zuckte es vor ihm zurück, weiterspielend folgt er ihr auf jeden Schritt, die Tänzerin wendet sich erst weg, umkreist ihn, immer noch geigend tut er, als suchte er sie, verfolgte sie, manchmal hält sie in aufreizender Pose für einen Augenblick inne. Moritz fürchtet, er sei errötet, er schämt sich fast für sie und diesen ihm obszön scheinenden Tanz, als wäre er ein Voyeur, schaue einem Paar zu, das sich leidenschaftlich und verrückt liebt, denkt an sich und Klara im Budapester Haustor, legt sein rechtes Bein über seinen linken Schenkel, um sein Geschlecht zu unterdrücken, und, ja, er ist eifersüchtig. Die beiden sind ein Paar, das zusammengehört. Nachdem der Geiger seinen letzten, hohen Ton gespielt und seine Violine und den Bogen hochgehoben hat, fällt sie vor ihm auf die Knie, umarmt seine Hüften und der Applaus ist stark und aufrichtig. Schwarz murmelt, das sei ganz anständig gewesen, könnte in jedem guten Varieté in Paris gezeigt werden. Moritz wird noch trauriger, Ira hat von klassischem Ballett geträumt, wird sie statt in einer berühmten Truppe mit irgendeinem hübschen Jungen in einem Nachtklub auftreten müssen? Und dann …

Bravorufe! Die Boys von der Rezeption bringen einige Blumengebinde, Moritz hat keine Ahnung, wie das seine aussieht, er sucht ihren Blick nicht, steht auf, weil alle aufgestanden sind, und setzt sich in den entferntesten Sessel der Lobby. Einer der Kellner erkennt ihn, eilt herbei, bringt schnell einen doppelten Cognac. Noch gibt es vorne Wein, Gläsergeklirr, Lachen, Gespräche in mehreren Sprachen, er schaut auf seine blank geputzten Lackschuhe, auf den breiten Teppich, auf dem die Garnitur der dunkelroten Sessel und Zweierbänke steht, und fühlt sich leer. Allein. Einsam. Traurig. Er denkt, es ist sinnlos, traurig zu sein, es ist gibt keinen Grund zur Trauer, dass er alt ist, keinen Grund, ein besonderes Glück herbeizuwünschen, er hat ein schönes Leben gelebt, ein gutes, arbeitsames Leben, seine Pflichten erfüllt. Höchste Zeit, den Aufenthalt hier abzubrechen, es ist grotesk, zuerst das Geld ausgeben zu wollen, das er so unerwartet gewonnen hat. Nach Hause! Nach Hause zu seiner Frau, seinem jüngsten Sohn und den Enkelkindern. Wo er hingehört. Oder nach Amerika zur Tochter und seine Viola, sein verwelktes Veilchen, irgendwie nachkommen lassen, warum sollte das nicht möglich sein? Und vielleicht auch den Sohn und seine Familie, wenn der überhaupt will.

»Da sind Sie ja, Maurice, ich suche Sie überall. Sind Sie so enttäuscht, dass Sie mich gar nicht sehen wollen? Was haben Sie? Danke für die wunderwunderschönen Blumen!«

Ira kniet vor ihm nieder wie vorher vor dem Geiger, sie trägt jetzt einen weißen Pullover zu einem karierten Rock, sie ist vergnügt, aufgewühlt, ihre schwarzen Augen blitzen, schwarze Perlen.

»Ich wollte dich nicht stören. Du warst ausgezeichnet. Perfekt. Grandios. Und dein Partner, der Geiger! Ihr gehört zusammen! Ich dachte, ihr beide würdet irgendwohin gehen …«

»Mit Jacques?«, lacht sie. »Ja, er ist ein Virtuose. Ein sehr guter und lieber Freund. Aber keine Sorge, der ist homosexuell und längst weg mit seinem Partner …«

Keine Sorge, sagt sie? Was bedeutete das? Merkt sie, dass er eifersüchtig war? Er hat doch kein Recht, sich etwas einzubilden.

»Herr Rohrbacher ist auch schon weggegangen?«

»Ja. Er wollte sich verabschieden von Ihnen, konnte Sie aber nicht finden. Der hat ja auch sicher von den Seinen noch einiges Bargeld für den heutigen Abend bekommen …«

Von den Seinen? Spielt auch Ira darauf an, dass er für irgendwelche deutschen Dienste tätig ist, wie dieser Doktor Schwarz behauptet hat? Jedenfalls ist Ira nicht mit ihren jungen Freunden, ihrer Truppe weggegangen, sondern hat ihn gesucht. Jetzt kann er ihr in die Augen schauen.

»Bist du hungrig, Ira?«

»Schrecklich hungrig. Vor dem Auftritt durfte ich ja nichts essen …«

Unterwegs hören sie jemand bei offenem Fenster Klavier üben, aus einem entfernten Lokal tönt Musik. Ein Bistro am Ufer. Jetzt nur die Stimmen der Nacht am Meer, Grillen zirpen, Wellen flüstern leise vor sich hin. Dank der absichtlich gedämpften Beleuchtung sieht man gut, wie Hunderte von Glühwürmchen durch die Nacht eilen. Ihre Lichtsignale sind Liebesrufe.

»Würde es Sie stören, wenn ich mein Haar jetzt aufmache? Die Mädchen haben mir den Knotenzopf zu fest gebunden.«

»Im Gegenteil, mich würde es freuen, mehr von deinem schönem Haar zu sehen.«

»Die Leuchtkäfer, Maurice. Das sind die Seelen Verstorbener …«

»Ich bin nicht abergläubisch, Kind.«

»Aber wir Russen sind es!«

Ira wirft den Kopf zurück, zeigt ihren langen Hals, das Haar umrahmt jetzt ihr längliches Gesicht. Das Mädchen isst mit gutem Appetit, versteht es jedoch auch, zwischen den Bissen zu erzählen. Sie wisse, was schlecht gewesen sei. Als Choreografin müsse sie noch viel lernen, üben, es sei das erste Mal gewesen und Arbeit mit schlechtem Material, aber die Mädchen hätten es genossen, in so einem Milieu aufzutreten. Sie würde die klassischen Versuche jetzt aussetzen, einfachere Bewegungen einüben, aber mit sich selbst dürfe sie relativ zufrieden sein, nicht wahr? Moritz ist nicht hungrig, er isst nur mit, um Gesellschaft zu leisten, sagt, er verstehe nicht viel von Ballett, aber sie sei wunderbar.

Eine leichte Brise hat ein paar Wolken weggewischt, der Mond versilbert die See und leistet ihnen Gesellschaft, bald sind sie die einzigen Gäste und der Kellner lehnt schon wartend an der Küchentür, um endlich das Lokal zu schließen. Als die Kirchenglocken Mitternacht einläuten, fragt Moritz, ob sie nicht müde sei, und sie antwortet, jedes ihrer Glieder sei todmüde und ihr fielen die Augen zu.

»Nach so einem Erfolg wirst du sicher gut schlafen ...«

Durch die Nacht gehen sie brav nebeneinander, dann nimmt der alte Mann die junge Frau doch am Arm und sie schmiegt sich an ihn. Nur ihre Schritte hört man, sonst ist alles still. Ira dankt noch einmal, dass er ihr geholfen habe, einen Traum zu verwirklichen, obwohl sie nicht weiß, nicht wissen soll, dass er eigentlich alles aus der eigenen Tasche bezahlt hat. Er sagt, das sei nur der Anfang der Verwirklichung ihrer Träume und er sei es, der dankbar sei, mit dabei sein zu dürfen. Und Moritz fühlt sich dabei so gut wie schon lange nicht mehr.

Langsam geht er nach Hause. Nach Hause? Ins Hotel. Ist er jetzt dort zu Hause? Ja, denn er hat gedacht, dass es jetzt nach Hause geht. Ein wenig wundert sich Moritz auch, weil er so leichtfüßig durch die stillen Straßen des am Tage so lauten und lebhaften Monte Carlo schreitet, nicht so müde, wie oft in der letzten Zeit. Er will nicht wie ein Greis gebückt herumschlurfen. Sein Blick fällt auf den Gehsteig. Schon viel gelbes Laub. Obwohl er am Mittelmeer ist, der azurblauen Küste, meldete sich der Herbst mit denselben Zeichen wie zu Hause, nur etwas später im Jahr. Ja, wie im richtigen Zuhause. In der Heimat.

Diese Nacht ist er mit sich zufrieden. Ist er schon am Rande des Glücks? Für einen Augenblick bleibt er stehen, so intensiv denkt er jetzt an sie. An Ira. An Ira, oder nur an ihren Körper im fleischfarbenen Trikot? Nur? Ja, er begehrt sie. So sagt man das doch. Aber sie haben sich zum Abschied nicht geküsst. Nicht einmal flüchtig. Trotzdem! Wieso trotzdem? Ist es möglich, dass zwischen einem Mann, einem so alten Mann, und einer schönen jungen Frau, einer so viel jüngeren Frau, aufrichtige Freundschaft entsteht? Freundschaft, nichts anderes. Sie ist nicht mit ihrem Geiger in diese Nacht gegangen, nun, ja, der ist schwul, nicht mit diesem Rohrbacher, nicht mit Freundinnen und Freunden, mit denen sie getanzt hat oder die ihr applaudiert haben, sondern mit ihm. Er hat sich ihr nicht aufgedrängt, er hat sich bescheiden zurückgezogen, aber sie hat ihn gesucht und gefunden. Ihn. Warum? Es ist sinnlos, darüber nachzudenken.

Jahrzehntelang, ein Leben lang jeden Morgen Routine. Toilette, die Auswahl des Oberhemds, der Krawatte, zum Frühstück mit Viola war er immer schon perfekt angezogen. Viola drückte die Klingel, die vom Luster hängt, das Dienstmädchen servierte den Tee, frische Kipferl, Butter, hart gekochte Eier, Salami, Schinken. Jahrzehntelang, jeden Morgen. Jeden Morgen! Ordentlich. Wie es sich schickt. Langweilig. Ab und zu ein Blick auf die goldene Uhr, die er aus der Westentasche holte, obwohl er wusste, dass alles in Ordnung war. In Ordnung sein musste. Eile mit Weile. Entweder zu den Patienten in der Ordination in der eigenen Wohnung oder eine Fahrt im Fiaker in die Zuckerfabrik. Im Fiaker, nicht in einem Dienstauto der Zuckerfabrik. Das Geklapper der Hufe mag er, Benzingestank nicht.

Und jetzt also Monte Carlo. Keine Pläne. Kein Druck. Trotzdem ist es jeden Morgen wie zu Hause. Ja, zu Hause. Der Unterschied: Zum Frühstück geht es hinunter in den großen Speisesaal, um die Frage von Kellner Philippe anzuhören, ob Monsieur gut geschlafen habe und er es wie üblich wünsche? Ja, bitte. Das ist am einfachsten. Auf den Nachbartischen Eier auf jede erdenkliche Art, in Gläsern, Eier Benedict, Rührei mit Speck oder Schinken, Omelettes, Pfannkuchen, geräucherter Fisch, unbekanntes Gebäck – warum sollte er nicht auch einmal etwas anderes frühstücken? Aber das verschiebt er jeden Tag auf morgen. Jeden Morgen auf morgen.

Jahrzehntelang hat er den späten Abend freudig erwartet, den Moment, sich angenehm müde schlafen zu legen. Viola und er lasen noch im Bett, ohne miteinander zu reden. Es war ja schon alles gesagt. Nach Davids Geburt haben sie nie mehr … Es war eine schwere Geburt … Auch sonst hat er nie mehr … Als Ehepaar lebten seine Frau und er nebeneinander, kaum kann man noch sagen miteinander, obwohl sie in den Augen der Stadt eine unzertrennliche, sehr gute Ehe führten. Der Stadt? Aber dann schmerzte sein Nacken, wenn er liegend las, und er las lieber im bequemen Sessel sitzend weiter, und wenn er endlich ins Bett kam, schlief Viola längst.

Immer war er es, der sagte, es sei jetzt Zeit, schlafen zu gehen, sie fügte sich, nie schlug sie es als Erste vor. Jeden Abend ein frischer Pyjama, knisternd frische Bettwäsche. Schon am Bettrand sitzend noch ein Blick auf die goldene Uhr, dann zog er sie mit geübten Fingern auf, hauchte einen Kuss in Richtung der schlafenden Frau und legte sich endlich in Embryonalstellung hin, wandte ihr den Rücken zu, zog das mit Gänseflaum gefüllt Federbett bis ans Kinn, dachte noch einen Augenblick an die Patienten, die er am Tag behandelt hatte, und an das morgige Programm, und schon war er eingeschlafen. Zufrieden. Glücklich nicht, aber zufrieden. Jahrzehntelang.

Erste Anzeichen von Schlaflosigkeit zeigten sich schon vor einigen Jahren zu Hause. Dort, wo er jahrzehntelang, fast sein ganzes Leben lang zu Hause gewesen war. Sorgen. War es seine Schuld, dass er mit Leo, seinem ältesten Sohn, so furchtbar auseinandergeraten war? Wie mit ihm wieder Kontakt aufnehmen? Rosa schrieb ab und zu. Nicht zu oft, aber immerhin. Sie behauptete, sie führe ein gutes Leben, das Leben sei schön und Amerika ein großes Land. Tröstete sie ihren alten Vater oder war sie wirklich glücklich mit Mann und Kindern? Mit David, dem jüngsten Sohn und seiner Familie, war alles in Ordnung, wäre alles in Ordnung gewesen, wenn er nicht so oft seine Frau betrogen hätte und das die ganze Stadt gewusst hätte. Die Schwiegertochter wahrscheinlich auch. Wahrscheinlich? Nein, sicher. Würde diese Ehe halten? Moritz hat nie daran gedacht, eine andere als seine Ehefrau ins Bett zu nehmen, nie!

Das waren Anlässe zur Sorge, aber er wusste natürlich auch, dass Schlaflosigkeit oft ein Symptom des Alters ist. Des Greisenwerdens. Des Greisenseins. Bei vielen wehrt sich das Unbewusste gegen den Schlaf, der ja ein naher Verwandter des Todes ist. Mit ihm will man nichts zu tun haben. Moritz als Arzt muss doch nichts aus seinem Unbewussten lösen, nichts verdrängen, als Arzt weiß er gut genug, was der Tod ist, etwas ausreichend Bekanntes, vor dem man sich nicht zu fürchten braucht, nur alles unternehmen soll, um ihn hinauszuschieben und ihn am Ende möglichst ohne zu viele und zu große Schmerzen zuzulassen. Seinen eigenen Tod erledigen wie eine lästige Aufgabe. Gesegnet, wer an das Himmelreich glaubt. Schlimm, wer sich vor Hölle oder Fegefeuer fürchtet. Für ihn selbst wird es leichter sein als für die meisten, weil er nicht raten muss, wie es dort sein wird, er braucht sich vor keinem Jüngstem Gericht zu fürchten, weil er sicher ist, dass es nichts mehr geben wird, vor allem keine Schmerzen, keine Angst, keine Sorgen, keinen Zank. Keinen Lärm, keinen Laut, kein blendendes Licht, endlich echte Stille und Dunkelheit. Die endgültige Camera silens. Was ein Trost sein soll. Ja, sein sollte, aber nicht ist.

Als Viktor abgereist ist, wusste Moritz auf einmal nicht mehr so richtig, warum er nicht mitgefahren ist. Ist es bloß eine faule Ausrede, dass er das Geld hier ausgeben muss? Geht es in Wirklichkeit darum, sich vor dem Alltag zu Hause, seinem ganzen bisherigen Leben, noch für einige Zeit zu retten? Sicher nicht nur darum, im bequemen Sessel unter einer guten Lampe sitzend viel zu lesen. Im Antiquariat findet er genug Bücher auf Deutsch, endlich kann er Hegel in Ruhe studieren. Da findet er auch Werfels »Vierzig Tage des Musa Dagh«. Moritz weiß, dass dieses Buch in Deutschland bereits verboten ist. Er fragt den Buchhändler, woher er es hat. Der zuckt die Achseln. Auf der ersten Seite klebt ein kleines Etikett: »Ex libris Ephraim Kohn«. Ein Namensvetter. Aha … Das ermutigt ihn zu fragen, ob zufällig etwas von Sigmund Freud zu haben sei. Der Buchhändler lächelt, verschwindet für einen Augenblick in einem Hinterzimmer und kommt mit »Totem und Tabu« und »Jenseits des Lustprinzips« zurück.

Eros und Thanatos. Er muss das alles wieder lesen, prüfen, ob er sich richtig erinnert, obwohl er nie ein Freund der Lehre Freuds gewesen ist, scheint ihm jetzt, die Schlaflosigkeit könne mit der Angst vor Thanatos zu tun haben, die er sich nicht eingestehen wollte, die Freundschaft mit Ira mit Eros.

Das Lesen nützt nichts. Bis zum frühen Morgen wälzt er sich im breiten, bequemen Bett herum, steht auf, geht ins Badezimmer, duscht heiß, duscht kalt, tritt auf den Balkon, hört in die Nacht hinein, freut sich, wenn er eine Nachtigall hört. In seiner Wohnung zu Hause auf der Hauptstraße der Kleinstadt sind nie Singvögel zu hören und schon gar kein Meeresrauschen, das alles sollte doch einschläfernd sein. Ist es aber nicht. Weiterlesen. Aber er ist zu müde, um noch zu begreifen, was er liest. Einem Patienten mit solchen Symptomen würde er Veronal verschreiben. Er dürfte es freilich nicht bedenkenlos verschreiben, denn das ist kein ungefährliches Medikament. Mit einer größeren Dosis kann man sich umbringen, falls man der Schlaflosigkeit oder sonst des Lebens überdrüssig wird.

Das kann auch irrtümlich passieren. Barbital hat als Erster der deutsche Chemiker und Nobelpreisträger Emil Herrmann Fischer synthetisiert. Der war einmal im Schlafwagen tief eingeschlafen, dann plötzlich in Verona aufgewacht und deshalb gab er seinem Schlafmittel den Namen Veronal. Später hatte er sich mit Zyankali umgebracht, damit geht es schneller. Moritz hat seinen Rezeptblock mit, er könnte sich Veronal verschreiben, aber würde ein hiesiger Apotheker sein Rezept, seine Unterschrift anerkennen? Oder würde er mit so einem Versuch unnötig die Aufmerksamkeit der Behörden auf sich lenken, wenn der Pillendreher ihn anzeigen würde?

Nach dem Ballettabend, nach Iras Tanz, nach ihrem Essen am Meeresufer, nach dem kleinen Spaziergang durch die Nacht zieht er einen frischen, gut gebügelten Pyjama an – die Wäscherei, in die das Hotel die Wäsche seiner Gäste schickt, ist viel besser als seine Waschfrau zu Hause –, schläft sofort ein und wacht gut ausgeschlafen auf. Verjüngt? Morgenritual, eine lustige Fliege um den Hals gebunden. Als er erst nach dem Frühstück einen Blick auf seine Uhr wirft, stellt er fest, dass sie vor einer guten Stunde stehen geblieben ist. Erst erschrickt er, eine Reparatur des seltenen Stückes könnte kompliziert sein, vielleicht gibt es keine Ersatzteile, dann fällt ihm ein, dass er sie nicht aufgezogen hat. Seit er sie besitzt, seit Jahrzehnten, hat er bisher nie, nie vergessen sie aufzuziehen.

Ira statt Veronal? Allein ein Glas Wein mit ihr und alles wäre gut? Da lächelt er so zufrieden vor sich hin, dass Kellner Philippe es bemerkt und fast gefragt hätte, ob Monsieur le docteur noch einen Wunsch habe. Eine Überdosis Veronal ist tödlich. Kann auch eine Überdosis Ira gefährlich werden? Tödlich?

Lieber Leo, mein lieber, erstgeborener Sohn,

Rosa hat mir geschrieben und mir diese für uns altmodische Europäer ungewöhnliche Adresse gegeben, ich hoffe, dass Dich mein Brief erreicht, auch hoffe ich, dass Du mir möglichst bald antwortest, denn ich weiß nicht, wie lange ich diese Adresse, dieses Hotel, aufrechterhalten kann, und wenn ich weg muss, weiß ich nicht wohin und ob ich mir Post von hier werde nachschicken lassen können. Sehr hoffe ich, dass wir nach so vielen Jahrzehnten wenigstens schriftlich wieder einen Kontakt werden herstellen können. Wenn ich aus Deiner Sicht unsere Zwistigkeit verursacht habe, um es so zu nennen, wenn es meine Schuld ist, dass Du das Land, und auch unser Europa verlassen hast, so bitte ich Dich um Verzeihung. Wir leben in insbesondere für uns Juden so schweren Zeiten, dass kein Hauch von Konflikten in unseren Familien bestehen sollte. Ist das nicht auch Deine Meinung? Auch Du bist inzwischen älter geworden, obwohl ich mir kaum vorstellen kann, dass Du längst nicht nur ein gesetzter Mann bist, sondern sogar schon selber Großvater, falls ich Rosa richtig verstanden habe. Dann wäre ich also Urgroßvater, ohne es bisher gewusst zu haben.

Ich möchte hier alles, was ich weiß oder zu wissen glaube, rekapitulieren, und Dich bitte ich, nicht böse auf mich zu werden, sollte ich aufgrund dessen, was ich aus dem Brief Deiner Schwester verstanden haben, einiges durcheinandergebracht haben.

Also, sie lebt in New York, ihr Mann arbeitet als Psychiater und Neurologe in einem der dortigen Krankenhäuser, betreibt auch eine erfolgreiche Privatpraxis, dank seiner Verbindungen ist es ihm gelungen, auch ihr eine Beschäftigung in einer städtischen Institution zu verschaffen, nachdem ihre Töchter alt genug geworden sind, um alleine in die Schule zu gehen. Sie besitzen eine große Wohnung, eine Duplex in Manhattan, sind richtig wohlhabend. Und sie hat mir geraten zu versuchen, mit Eurer Mutter nach New York zu ziehen, es sei unsicher, wie sich der Krieg in Europa weiter ausbreiten würde. Sie war auch mit David in Verbindung, hat versucht, auch ihn nach Amerika zu locken, aber er will seine Praxis nicht aufgeben und fühlt sich sicher. Um meine Amerikanerinnen muss ich mich also nicht sorgen. Man weiß ja, wie stark die Isolationisten in diesem Land sind, sie werden sich hüten, in diesem Krieg mitzumischen, um den Engländern zu helfen, zu viele amerikanische Familien erinnern sich an ihre Opfer im großen Weltkrieg. Das ist wahrscheinlich gar nicht gut für uns, aber die sind ja nicht blöd, etwas für europäische Juden zu opfern.

Über Dich schrieb sie mir, du seiest in Südafrika der beste Experte für Telefonnetze und das sei dort überaus wichtig, weil viele Städte neu ausgebaut werden, Verbindungen auch zu Farmen in den Steppen und im Dschungel hergestellt werden müssten, das kann ich mir auch nicht vorstellen, darüber weiß ich nur, was ich in Tarzanfilmen gesehen habe, der halb nackte Johnny Weissmüller, wie er mit seiner Freundin Jane und dem Affen Cheeta turtelt und mit Krokodilen herumschwimmt, und jetzt legst Du Telefonkabel durch so eine Wildnis. Ist das möglich? Rosa schreibt, Du hättest eine schöne Wohnung in Pretoria, lebtest aber mehr auf einer Farm fern von jeder Zivilisation. Südafrika ist eine britische Kronkolonie, also ist der englische König dein Souverän, nicht wahr? Bei euch gibt es trotzdem eine Nationale Partei, die mit Nazideutschland sympathisiert. Deine Schwester schreibt auch, Du hättest Dich freiwillig gemeldet, um gegen Hitler zu kämpfen, man habe Dich aber nicht genommen, weil Du zu alt für einen Rekruten seiest und nicht ausgebildet für einen Offiziersrang, außerdem brauche Dich das Land als Telefon-

experten. Dem Herrn sei Dank! Ohnehin gehst Du gerne allein auf die Jagd, übernachtest dann im Zelt, das ist doch gefährlich genug, oder nicht? Ich habe Dich Leo getauft. Löwe. Jetzt bist Du im Urwald unter richtigen Löwen. Ist das nicht seltsam?

Bei Euch sind Neger Menschen zweiter Ordnung oder gar keine Menschen. Sie sind streng getrennt von den Weißen, dürfen nicht in Städten leben, nicht einmal in einer Stadt erscheinen, außer wenn sie dort Arbeit haben und eine besondere Erlaubnis. Ist das nicht dasselbe, was Hitler mit den Juden macht? Außerdem soll es bei Euch strengstens verboten sein, dass Weiße mit Negern sexuelle Beziehungen haben, das gilt in Deutschland genauso für die sogenannten Arier und Juden. Deine Schwester schreibt, dass Du auf Deiner Farm mit einer Negerin lebst und mit ihr Kinder hast. Zwei Töchter und einen Jungen. Sie hat nicht erwähnt, wie alt sie sind. Sind sie hübsch? Mischlinge sind oft hübsch. Du hast gewiss ein schönes Mädchen als Deine Lebensgefährtin gewählt. Habe ich also halb schwarze Enkelkinder? Und wenn ich Rosa richtig verstanden habe, hat die Älteste auch schon ein Kind. Welchen Geschlechts? Und wenn sie einen ebenfalls schwarzen Mann hat, ist mein erstes Urenkelkind sehr dunkel? Herrgott, wie gerne würde ich Euch sehen. Dich vor allem, aber sie alle, alle! Du warst immer schon ein Trotzkopf, hast durchgesetzt, was Dir eingefallen ist, auch wenn ich es für eine Laune gehalten habe. Ich bin eher konservativ, das muss ich zugeben, aber diesmal auch irgendwie stolz auf Dich. Rassengesetze soll man nicht dulden. Wenn man nicht muss. Ich weiß nicht, was Deine Mutter sagen wird, wenn sie das alles erfährt. Wie es ihre blasierten Freundinnen aufnehmen werden. Und unsere Kleinstadt. Da muss ich schon lächeln, wenn ich mir ihre Ponems vorstelle. Wenn irgend möglich, schicke mir doch, bitte, Fotos von Euch.

So also sind wir auf drei Kontinente verstreut, Du bist in Afrika, Rosa und ihre Familie in Amerika, wir übrigen in Europa. Bis auf Weiteres. Eines Tages wird auch dieser Krieg zu Ende gehen. Wäre ich ein gläubiger Mensch, würde ich jeden Tag beten, dass wir alle ihn überleben und uns danach wenigstens einmal für eine kurze Zeit irgendwo begegnen.

Ich höre auf, es ist ja so ungewiss, ob Dich dieses Schreiben überhaupt erreicht und ich eine Bestätigung von Dir erhalte, Du solltest wissen, wie sehr Dich liebt

Dein Vater.

Winter in Monte Carlo. Oft regnet es. Ziemlich oft. Schneit es hier manchmal? Kellner Philippe zuckt die Achseln, wenn Monsieur le docteur wünschen sollte, Ski zu fahren, dann … Nein, das will er nicht, er hat nur so gefragt. Das Wetter … Es heißt, die Temperaturen fielen hier nur selten unter zehn Grad. Für Damen sind teure Pelze Zeichen der Zugehörigkeit zu einer Elite, es ist also durchaus wünschenswert, wenn der Winter den Anlass bietet, einen Pelzmantel zu tragen. Bei Herren hat der Pelzkragen dieselbe Funktion: ein Ausweis der Standeszugehörigkeit, als trüge man eine Visitenkarte so in der Hand, dass jedermann sehen kann, was man ist, zumindest wohin man gehört oder als was man gelten möchte. Solche Einzelheiten unterscheiden den vornehmen Teil der Menschen vom Plebs. Moritz hat Zeit, solche Feststellungen zu treffen, weil der Teufel ja in der Not Fliegen frisst. Ein deutsches Sprichwort, aber die Deutschen haben im Winter 1940 auf 1941 keine Not in Monte Carlo, sie fressen keine Insekten, sondern speisen und trinken in den besten Restaurants und kümmern sich darum, ihren braven Soldaten das Allerbeste zukommen zu lassen, oder zumindest den Offizieren, wie es etwa Herr Rohrbacher tut, der jetzt das runde Abzeichen seiner NSDAP im Knopfloch trägt, was weder bedeutet, dass er von der Gestapo ist, noch dass er es nicht ist.

Moritz sitzt am Schreibtisch seiner Hotelsuite. Er zuckt plötzlich zusammen. Vor ihm, auf einem silbernen Teller, eine Flasche Schnaps. Ist es ein hiesiger? Doch Gott behüte kein Fusel? Er kostet vorsichtig. Maulbeerschnaps? Wie ist der hierhergekommen? Aus dem Schlafzimmer dringt ein

Stöhnen, Röcheln. Er springt so leicht auf wie seit Jahren, vielleicht Jahrzehnten nicht mehr. Auf dem breiten Bett liegt Ira, nackt, völlig nackt, ringt um Luft, droht zu ersticken. Schön ist sie, wunderschön, aber die Lippen sind bläulich angelaufen. Was für ein Glück, dass ich Arzt bin! Plötzlich hat er Gummihandschuhe an, aber kein Skalpell, kann sich nicht erinnern, wo seine Arzttasche steckt, rennt zurück zum Schreibtisch, nimmt das Papiermesser. Zurück am Sterbebett und fest entschlossen schlitzt er dem nackten Mädchen den langen, schlanken, zuckenden Hals auf. Langsam wird ihr Atem ruhiger. Er weiß, dass sie einen harten Gegenstand verschluckt hat. Mit zwei Fingern vergrößert er die Wunde, zieht ihre Ränder auseinander. Jetzt sieht sie wie eine Scheide aus. Mit Daumen und Zeigefinger holt er ein Parteiabzeichen der NSDAP aus der Speiseröhre. Rot. Blutig von ihrem Blut. Er müsste einen Schlauch in die Wunde stecken. In der Arzttasche hat er stets alles bereit, auch für solche Operationen. Er läuft ins Badezimmer mit dem blutigen Parteiabzeichen in der Hand. Wenn er keinen Schlauch oder wenigstens einen großen Strohhalm in die Wunde stecken kann, wird sie ersticken. Soll sie doch ersticken, wenn sie Naziabzeichen schluckt, denkt Moritz, wäscht aufmerksam das kleine, runde Ding mit dem Hakenkreuz und wacht verschwitzt im Hotelbett auf.

Manchmal erinnern wir uns, dass wir geträumt haben, aber nur verschwommen, meist jedoch an gar keinen konkreten Traum. Oder man hat sich den Traum gemerkt, aber man vergisst ihn gleich wieder. So klar, so relativ lange, so wirklichkeitsnah und überzeugend wie dieses Mal hat Moritz noch nie geträumt. Auch weiterhin, jetzt schon hellwach, denkt er an Iras nackten Körper, wie er ihm im Traum erschienen ist, ihre in Todesangst geweiteten Augen, ihre zitternden Brüste, das schwarze Dreieck zwischen den langen Beinen … Nie hat er bewusst gehofft, sie so zu sehen. Gesehen hat er sie nur im hautengen rosa Trikot, als sie zu dem Geigenspiel des hübschen Mannes getanzt hat.

Er muss sich einen Ruck geben, um aufzustehen, als verließe er damit seine nackte Geliebte, geht jetzt hellwach ins Badezimmer, reißt sich den Pyjama vom Leib, duscht heiß, duscht kalt und blickt an seinem alten, schlaffen, faltigen Körper hinunter. Dann reibt er sich ab, zieht einen frischen Schlafanzug an, den seidenen, dunkelroten Schlafmantel darüber, die schwarzen Lackpantoffel. Auf dem Schreibtisch keine Schnapsflasche. Die war ja nur im Traum da. Schade. Endlich setzt er sich hin, wie er im Traum gesessen ist, knipst die Lampe an. Soll er diesen Traum aufschreiben? Wozu? Für wen? Wenn er morgen ausgeschlafen noch Lust haben sollte, das Geträumte aufzuzeichnen, kann er es immer noch tun, dann vielleicht. Falls er sich noch so intensiv an die splitternackte Ira erinnern wird.

Er geht zum Fenster und lehnt die heiße Stirn an das kalte Glas, wirft einen Blick auf die regennasse Straße. Der Himmel ist wolkenbedeckt, kein Mond als Trost, nur die gelangweilten Lampen, die nichts zu beleuchten haben, weil niemand mehr unterwegs ist. Das neutrale Monte Carlo schläft brav. Unbesorgt. Neutral im vom Hakenkreuz beherrschten Europa.

Ein Adept von Sigmund Freud ist Doktor Moritz Karpaty nie gewesen, aber natürlich hat er seine Bücher gelesen, seine Traumdeutung. Nie hatte er die Psychoanalyse in der Praxis angewendet, nie versucht, etwas mit Hypnose zu erreichen, anders als sein Sohn, der in beidem die Möglichkeit zu erkennen glaubt, sogar die Ursache für Juckreiz, Ekzeme oder Allergien zu finden. Wenn sie darüber miteinander sprachen, pflegte Moritz anzumerken, Söhne seien ja immer gescheiter als ihre Väter, sonst gäbe es keinen Fortschritt auf dieser Welt. Ganz besonders in ihrem Fall, weil es um einen gelehrten Facharzt einerseits und einen alten Dorfdoktor andererseits gehe. Trotzdem gelingt es ihm nicht, an diese modernen Zaubertricks anstelle anständiger Diagnosen und Therapien zu glauben.

Aber dieser Traum! Vorsichtig beginnt er mit dem Versuch, ihn zu deuten, obwohl er weiß, dass Freud gegen jede Selbstanalyse war. Als noch junger Arzt ist Moritz einmal in eine Nachbarwohnung gerufen worden, ein zwei Jahre alter Junge war am Ersticken, die Lippen schon bläulich. Da war keine Zeit mehr, lange zu überlegen. Schnell wusch er sich die Hände, bat um ein scharfes Küchenmesser, desinfizierte es mit Schnaps und machte eine Koniotomie, einen mehrere Zentimeter langen Schnitt in die Luftröhre. Zum ersten Mal an einem lebenden Patienten. Er hatte es während des Studiums an Leichen geübt, aber an den Leichen erwachsener Menschen, jetzt musste er es an einem lebenden Kind machen, da lagen die wichtigen Blutgefäße noch näher beieinander. Hätte er jedoch nicht sofort gehandelt, wäre das Kind nach einigen Minuten an Sauerstoffmangel erstickt. Moritz schrie, man solle einen Fiaker rufen, etwas bringen, um den Kleinen, der zitterte, aber jetzt durch die klaffende Wunde Luft bekam, zuzudecken. Moritz musste mit seinen Fingern den Hals offen halten, bis sie im Krankenhaus waren, wo man eine Kanüle kunstgerecht anbringen konnte. Die Wunde heilte bald. Der Schnitt war dünn, perfekt, am erwachsenen jungen Mann war er später kaum noch zu sehen. Seither hat er in seiner Ärztetasche immer sterile Gummihandschuhe und eine Kanüle, aber nie mehr im Leben ist er in die Situation geraten, so eine Operation durchzuführen. Und wenn der Nachbarjunge gestorben wäre, wenn man ihm vorgeworfen hätte, er hätte ihn erstochen? Manch ein anderer Arzt wäre nur schnell mit dem Fiaker ins Krankenhaus gefahren, wenn das Kind dann gestorben wäre, würde es nicht ihm angelastet werden. Mut muss man manchmal haben, schnelle Entscheidungen treffen, oder …

Das ist also die einfache Analyse eines Teils des Traumes. Und der zweite? Ira hatte fröhlich erzählt, sie sei in das Schloss eingeladen worden, man überlege ihr zu helfen, eine Ballettschule zu eröffnen. Herr Rohrbacher habe gesagt, er wolle im Namen der deutschen Gemeinschaft gerne mitwirken. Das sei vielversprechend, die Deutschen hätten doch allergrößten Einfluss, wenn die etwas wollten … Man habe auch schon entsprechende Räumlichkeiten gefunden, sie würde ein kleines Gehalt beziehen, sich die Einzelstunden zusätzlich von den Eltern der Kinder bezahlen lassen. Im Blumengeschäft habe sie gekündigt. In einem eigenen Saal vor einem großen Spiegel werde sie in Ruhe arbeiten, neue Choreografien für ihre Truppe und sich ausarbeiten können. Sei das nicht wundervoll? Moritz hatte bestätigt, dass es wundervoll sei und bekam einen Kuss auf die Wange. Sie war ja Herrn Rohrbacher so dankbar, er sei doch ein feiner Kerl, Maurice, nicht wahr? Bien sûr, selbstverständlich, bestätigte der alte Jude.

Bis zum Morgengrauen sitzt er hinter dem Schreibtisch in seiner Suite und ist eifersüchtig. Er bedauert sich selbst und versucht, sich und seine Eifersucht auszulachen. Kein Schnaps ist da. Auch weiterhin stellt er sich den splitternackten Körper der Tänzerin vor. Nie wird er ihn sehen. Sicher nicht so. Nie? Und der Nazi Rohrbacher? Hat er ihn gesehen?

Nach einem üppigen Frühstück, zu dem er sich ausnahmsweise ein Glas Champagner gegönnt hat, Cognac am frühen Morgen hätte man ihm zwar auch kommentarlos serviert, aber es wäre unangebracht, wirft Moritz einen Blick durch das Fenster. Es regnet. Es regnet trostlos. Ein Spaziergang wäre sinnlos. Er macht sich Gedanken. Vor einigen Tagen hat er seinen Kontostand überprüft. Bisher hat er nicht einmal die Hälfte seines seltsamen Gewinns ausgegeben. Wenn er ein wenig sparte, könnte er so noch ein weiteres Jahr durchhalten. Oder noch länger. Wenn er aus der teuren Suite in ein einfacheres Zimmer in ein billigeres Hotel umzöge, mindestens noch zwei Jahre. Ewig natürlich nicht. Freilich kann der Krieg ja auch nicht ewig dauern. Aber wieso prüft er überhaupt, wie lange er genug auf dem Konto hätte, um zu bleiben? Hat er sich nicht vor Kurzem noch vorgenommen, das Geld schnell loszuwerden? Müsste er nicht langsam überlegen, wie er endlich wegkommt von hier und vor allem wohin, bevor es gefährlich wird im neutralen Monaco? Langsam. Nicht zu langsam …

Gerade kommt Rechtsanwalt Hugo Schwarz vorbei:

»Haben Sie einen Augenblick Zeit, Herr Doktor?«, fragt er. »Ich würde mich gerne mit Ihnen unterhalten, falls Sie das nicht als aufdringlich empfinden.«

Moritz breitet die Arme aus:

»Mit Vergnügen.« Man setzt sich in einen der Salons und bestellt Kaffee. »Nun haben wir den ersten Winterregen. Schneien wird es hier angeblich nicht …«

»Hat man mir auch versichert«, der Jurist scheint ein wenig ungeduldig, möchte kein Gespräch über das Wetter beginnen. »Das ist eine gute Einleitung für das, was ich Ihnen sagen wollte. Und einige Fragen habe ich auch, wenn Sie gestatten.«

Der Wind peitscht die Regentropfen gegen die Hotelfenster. Ich bin schon bald eineinhalb Jahre hier, denkt Moritz, einmal habe ich schon das Mittelmeer als verdunkeltes Silber und tiefes Grau erlebt, einmal schon ohne azurblaues Glücksversprechen, aber damals war ich eben erst angekommen und frei von allen häuslichen und medizinischen Sorgen und Pflichten. Wie schnell die Zeit doch vergangen ist, was habe ich all diese Tage gemacht ... Und alle diese Nächte. So viele Monate lang. Das Morgenritual, die Schlaflosigkeit, aber dazwischen? Manchmal Ira. Manchmal kurz. Wein im Glas und Otschi tschornje. Ob Doktor Schwarz dieses Lied kennt? Seltsam, zwei alte Juden in der Fremde sprechen miteinander Deutsch, kein Französisch, Hebräisch kann ja keiner von ihnen, Jiddisch können diese beiden Herren auch nicht.

Erst einmal muss Moritz Interesse zeigen.

»Ja, sicher, lieber Freund. Bitte!«

»Haben Sie schon darüber nachgedacht, ob es nicht höchste Zeit ist, die Koffer zu packen?«

»Nein!«, lügt Moritz. »Ist Monaco nicht eines der letzten sicheren Länder in Europa?«

»Ich fürchte, nicht mehr lange. Ich werde versuchen, über Spanien nach Amerika zu entkommen. Wenn mich die USA nicht wollen, irgendwohin nach Südamerika, Hauptsache weg von hier, so weit weg und so bald wie möglich. Ich wollte Sie fragen, ob Sie sich uns anschließen wollen. Himmel! Sie scheinen sich überhaupt nicht dessen bewusst zu sein, was vorgeht, Sie wirken so ruhig und selbstsicher, Herr Doktor!«

Moritz ist weder ruhig noch selbstsicher, er freut sich jedoch, dass er so wirkt. Doktor Schwarz ist ihm nicht besonders sympathisch.

»Worauf wollen Sie hinaus, mein Lieber?« Natürlich weiß

Moritz nur zu genau, was der erschrockene Mitjude meint, aber er will es aus seinem Mund hören. Vielleicht weiß er doch etwas Neues.

Schwarz ist tatsächlich gut informiert. Er berichtet, wie 1933 in der Kleinstadt Dachau nahe München das erste Konzentrationslager errichtet wurde, dann ein anderes nahe Weimar, das erhielt nicht den Namen der nahen Stadt, um es nicht gedanklich mit den großen deutschen Klassikern Goethe und Schiller zu verbinden, sondern wurde Buchenwald getauft. Am Anfang betraf die sogenannte Schutzhaft, die ohne Urteile eines Gerichts verhängt wurde, nur solche Juden, die der neuen Macht irgendwie politisch unangenehm aufgefallen waren, sonst wurden vor allem deutsche Kommunisten, Sozialdemokraten, Homosexuelle und Bibelforscher eingesperrt. Im Amtsblatt Nummer 100 vom 16. September 1935 wurde das »Gesetz zum Schutze des deutschen Blutes und der deutschen Ehre« veröffentlicht, das Ehen zwischen Juden und Ariern verbot, jüdische Familien dürfen keine weiblichen Hausangestellten mehr halten, die unter fünfundvierzig Jahre alt sind. Moritz findet das komisch:

»Sogar die Nummer des Amtsblattes kennen Sie!«

»Ich bin Jurist, Herr Doktor, ich habe nach wie vor diverse Fachliteratur abonniert und halte die Verbindung mit einigen Kollegen aufrecht. Außerdem habe ich mir ein kleines Radio gekauft ...«

»Geht das denn ohne Antenne?«

»Man nimmt ein Stück gewöhnlichen Draht ...«

»Sie wissen wirklich alles.«

»Alles gewiss nicht, aber man hat so seine Verbindungen. Apropos, das Reichsgesetz zur Rassenschande spricht von Ariern, nicht bloß von Deutschen als Sexualpartnern von Juden. Demzufolge würde auch Ihre Beziehung zu der schönen Russin strafbar sein, denn Russen sind immerhin Arier …«

Moritz beherrscht sich, bezwingt einen Wutanfall und brüllt nicht, das gehe Herrn Schwarz einen feuchten Mist an und deutsche Gesetze hätten auch keine Wirkung in Monte Carlo, damit würde er bloß den Verdacht nähren, dass er mit Ira … Wäre ja schön. Allerdings begreift er, dass man über sie redet. Das betrifft ihn direkt. Und Ira auch. Sie erscheinen eben zusammen. Manchmal. Zu oft? Für ihn zu selten. Und er hat heimlich für ihren Tanzabend im Hotel bezahlt. Heimlich? Diskretion garantiert? Gibt es Geheimnisse in so einem Hotel? Bei so vielen Mitwissern? Und wenn er jetzt darüber nachdenkt, muss er feststellen, dass er so den Verdacht nur genährt hat. Er hat geglaubt, seine Ergriffenheit angesichts ihrer tatarischen Augen, ihrer Gestalt, die sich ihm vollkommen nur im Traum gezeigt hat, sei sein intimstes Geheimnis, aber anscheinend ist sie bekannt und Thema für Tratsch und Nachrede vor allem für Leute, die nichts zu tun haben, und womöglich auch für andere, die sehr viel mit allem zu tun haben. Was für die einen nur leeres Gerede sein mag, kann für die anderen … Wie diesen Rohrbacher … Ob er, Moritz, Gegenstand von Gesprächen zwischen Ira und Rohrbacher gewesen sein könnte? Falls Rohrbacher tatsächlich zur Gestapo gehört. Unmöglich. Diese schwarzen Augen blitzen so froh und aufrichtig, das sind nicht die Augen einer Verräterin. Ist das sicher? Sie können es nicht sein. Sie dürfen es nicht sein.

Schwarz sagt, Juden als Juden würden erst seit der sogenannten »Reichskristallnacht« 1938 in Lager eingeliefert. Moritz nickt, davon habe er schon etwas gehört, jedoch … Kein »jedoch«, beharrt Hugo Schwarz, man mache in Deutschland kein Geheimnis daraus, im Gegenteil, Juden würden unter Prügeln wie Vieh durch die Straßen in die Lager getrieben und die Leute stünden auf den Gehsteigen, schauten zu und johlten. In den Lagern würde den Häftlingen mitgeteilt, sie seien ab jetzt ehrlos, rechtlos und wehrlos, sie würden gequält, gehetzt, sinnlose, schwere Arbeit zu verrichten. Der verehrte Herr Doktor solle sich doch, bitte, vorstellen, er müsse nackt auf allen vieren herumkriechen und mit der Zunge die Stiefel der SS-Leute blank lecken. Moritz überlegt, ob dieser Schwarz ein Masochist ist, weil er mit solchem Eifer darüber spricht, was man mit ihm, mit ihnen allen tun könnte. Er glaubt seinem Gesprächspartner nicht, zumindest nicht ganz. Er hat mit einem Schweizer Hotelgast über die Ereignisse im Deutschen Reich geredet, der hatte zugegeben, da sei etwas gewesen, etwas ganz Schlimmes, aber Göring habe es verurteilt. Er sagt es Schwarz, aber der berichtigt, Göring habe sich nur geärgert, weil man so viele Werte vernichtet habe, aber selbst dafür müssten nun die Juden aufkommen.

Man schweigt eine kurze Zeit, als müsste das Gesagte erst einmal verdaut werden. Dann setzt Schwarz fort:

»In Marseille hat ein junger amerikanischer Journalist, Varian Mackey Fry, angefangen, Menschen zu retten, die vor den Nazis fliehen, vor allem Intellektuelle. Es gibt auch das Emergency Rescue Committee. Washington hat einige Hundert Visa in Aussicht gestellt. Mit diesem Mann müssen wir Verbindung aufnehmen. Nach Marseille zu gelangen, dürfte nicht zu schwierig sein. Die Grenze zwischen Monaco und Vichy-Frankreich wird nicht streng kontrolliert. Dann macht man in Sanary-sur-Mer Halt, das ist vor Toulon, über diese kleine Stadt sind schon viele Flüchtlinge aus Deutschland geflohen …«

Moritz bleibt vorsichtig, er erzählt nicht, dass er ohne Probleme in Frankreich gewesen ist, dass man bequem mit einem Ausflugsboot hinüberkommt. Stattdessen fragt er nach weiteren Details, was mache man, zum Beispiel, wenn man doch kein amerikanisches Visum bekäme? Wäre man dann nicht in einer übleren Situation als hier, im neutralen Monaco? Das schon, bestätigt Rechtsanwalt Schwarz, zumindest zurzeit, aber wer weiß, wie lange noch. Vichy-Frankreich und auch Monaco würden früher oder später dieselben Regeln einführen müssen wie Deutschland und dann würden alle Juden umgebracht werden. Jetzt heiße es, rette sich wer kann.

Da mag etwas daran sein, denkt Moritz. Er sagt, er könnte ja zu seiner Tochter in die USA reisen, sie könnte ihn einladen, ein Affidavit schicken, dann würde er auch von Monte Carlo aus ein Visum bekommen. Das müsse er versuchen, das wäre eine Lösung, die Entscheidung. Die Entscheidung treffen! Irgendeine. Jetzt! Endlich.

Wieder entsteht eine Pause. Regentropfen trommeln ans Fenster. Ein seltsam trübes Licht von draußen vermischt sich mit dem Glanz der großen Kristallluster. Ist das jetzt das Leben? Die zwei alten Juden versinken, jeder für sich, in Gedanken. Und wieder unterbricht Schwarz das Schweigen:

»Haben Sie Franz Werfel gelesen?«

»Aber natürlich!« Moritz hofft, jetzt würde endlich ein anderes Thema angesprochen, ein beiläufiges. »Vor einigen Tagen habe ich diese Geschichte des Musa Dagh wieder gelesen. Daheim hatte ich ihn auf Serbisch, jetzt habe ich hier in einem Antiquariat das Original gekauft.«

»Hier gibt es Werfel im Buchhandel?«

»Ja. Solche Bücher liegen nicht in den Schaufenstern, aber

man erhält sie hinten im Laden. Auch Freud habe ich hier gefunden.«

»Werfel zum Beispiel ist mithilfe von Fry über Spanien nach Amerika gelangt.«

»Woher wollen Sie das wissen?«

»Ich habe Ihnen ja schon gesagt, Herr Doktor, ich habe so meine Verbindungen. Er war nicht allein, sondern mit seiner Frau Alma, Heinrich Mann mit Gattin, sein Neffe Golo, der Sohn von Thomas Mann, war auch dabei. Die waren alle in derselben Gruppe. Sie mussten über die Pyrenäen. Ein beschwerlicher Marsch, aber sie haben es geschafft. Auf einer anderen Tour hat sich allerdings Walter Benjamin umgebracht.«

»Wer?«

»Walter Benjamin, ein berühmter Philosoph, er hat auch Baudelaire, Balzac und Proust ins Deutsche übersetzt. Es wundert mich, dass Sie nie von ihm gehört haben …«

»Ach, ich bin eben nur ein bescheidener Landarzt, kein gebildeter Mensch …«

Ein Kellner fragt, ob alles in Ordnung ist, die Herren zufrieden sind? Das erinnert die beiden daran, wo sie sind. In einem Hotel. Im neutralen Monte Carlo. Dem noch neutralen Staat Monaco, aber mitten im Krieg. »So ein traurig verhangener Himmel«, seufzt Moritz, »genau die richtige Zeit für einen doppelten Cognac, nicht wahr?« Wie lange noch würde das mit diesem Wetter … Der Kellner erklärt, der Oktober sei hier immer der regenreichste Monat, verspricht jedoch demnächst wieder sonnige Tage. Gastwirte jeder Art versprechen immer besseres Wetter, so lernen sie es wahrscheinlich in den Hotelfachschulen.

Frau Schwarz habe Kopfschmerzen, sagt der Advokat auf die höfliche Frage seines Gesprächspartners, sie leide bei jeder Wetterumstellung, und da erneut eine Pause droht, beginnt er in allen Einzelheiten zu erklären, wie man zwischen Frankreich und Spanien über dieses Gebirge gelangt. Walter Benjamin sei übrigens schon in Freiheit gewesen und habe sich trotzdem das Leben genommen, obwohl er noch so jung gewesen sei, keine fünfzig Jahre alt. Nicht viel älter also als meine Söhne, denkt Moritz.

»Ich bin ja vor allem besorgt, wie meine Frau die Pyrenäen bewältigen wird«, sagt Schwarz. Das hört sich an, als wäre er fest entschlossen, den Versuch zu wagen.

Hat Frau Schwarz, wenn sie zusammen gewesen sind, je ein Wort gesagt, das sich Moritz gemerkt hätte? Neben ihrem Gatten ist sie zwar physisch, nicht aber im Geiste anwesend gewesen. Schlimmer sogar als seine Viola, die in Männergesellschaft auch meist schwieg, aber wenigstens so tat, als hörte sie zu. Jüdische Frauen ... Sind alle Jüdinnen so? Nein, die jüngeren nicht, seine Tochter und seine Schwiegertochter zeigen gar keine Ehrfurcht vor Männern, nicht einmal vor älteren. Einmal hat seine Tochter in einer gemischten Runde ihrer Schwägerin erklärt: »Kein Geschmeide verkauft die Scheide, das machen Kleider nicht, sondern das Gesicht!« und sich gar nicht geschämt. Moritz mag solche Redensarten gar nicht, nie würde er solche Worte gebrauchen. Als Student hatte er freilich durchaus geflucht, und zwar auf Ungarisch, da sind die Flüche fast Folklore, es werden nicht nur Geschlechtsorgane genannt, sondern auch wie groß sie sind, welche Farbe, welche Krankheiten sie durchgemacht haben, lange, lange Ausführungen. Um nicht aufzufallen, um sich nicht zu sehr von seinen Kommilitonen zu unterscheiden, hat er lange Flüche gebüffelt, wie den Lernstoff auf der Universität. Er wollte nicht als »Jude, der zu fein tut« auffallen.

Sollen Juden immer und überall danach streben, ja nicht aufzufallen?

Einige Zeit schweigen die beiden alten Herren wieder, jeder in seine eigenen Gedanken versunken. So bemerken sie nicht sofort, dass der Regen aufgehört hat, das Tageslicht wieder stärker in den Salon eindringt. Man weiß eigentlich nie, was Finsternis ist, denkt Moritz, nachdem er den Stimmungswechsel endlich festgestellt hat, denn solange man lebt, gibt es sie nicht, irgendetwas leuchtet immer, auch wenn man träumt, sieht man ja etwas, also ist es nicht dunkel. Nicht absolut finster. Licht ist gut, bedeutet das im Umkehrschluss, dass die Finsternis böse ist? Unnatürlich? Selbst bei Verbrechen, von denen wir sagen, sie seien im Dunkel begangen, kann die Tat von keiner absoluten Finsternis umgeben sein, denn der Einbrecher, der Mörder muss sehen können, um seine Tat zu vollbringen, und dazu braucht er eine Lichtquelle, auch wenn sie noch so schwach ist. Die Finsternis nach dem Tod kann Folge eines Mordes sein, sie selbst ist jedoch nicht böse. Der Tod ist weder gut noch schlecht, Totsein ist Nichtsein. Nichts. Gut und Böse sind zumindest etwas.

Nie bisher hat Moritz so über Licht und Dunkel nachgedacht. Starkes Licht ist für die Diagnostik unbedingt notwendig, für jedes Handeln des Arztes. Sein Leben findet er gut, zumindest bisher, also gilt das auch für das Licht. Es ist gut, Arzt zu sein, für Menschen da zu sein. Ist es auch gut, Fabrikbesitzer zu sein? Ausbeuter nennen es manche Leute. Auch sein Sohn David gebraucht solche Redensarten. Viktor ist sicherlich besorgter um das Wohl seiner Arbeiter als viele andere seinesgleichen, ein sozial gesinnter Mensch. Genügt das? Zucker ist notwendig, Zuckerhüte, Kristallzucker, Würfelzucker, Staubzucker. Jemand muss dafür sorgen, dass

Zuckerrüben gesetzt werden, geerntet, in die Zuckerfabrik gefahren, für das Anheizen der Kessel, das Waschen der Rüben, das Säubern von kleinen Steinen, Sand, Lehmstücken, das Raffinieren, das alles nennt man Kampagne, erst danach kommt der Verkauf. Als Betriebsarzt der Zuckerfabrik kennt man das alles, atmet den Gestank ein, ohne den es unmöglich ist, Zucker herzustellen. Er ist überzeugt, ganz sicher, dass seine Tätigkeit nicht minder wichtig ist als die des Generaldirektors, des Aktienbesitzers, weil er nicht nur mehr Gesundheit, sondern auch mehr Arbeitssicherheit und Lebenssicherheit gewährleistet als Viktor, der mindestens hundertmal mehr verdient als er, der Arzt. Egal. Er lebt doch auch gut. Ganz anständig. Kann sich leisten, was er für seine Familie braucht. Und für sich ebenfalls. Die eine oder andere kleine Laune auch. Wieso nicht? Aber dass das Kreisen einer kleinen Kugel auf einem Tisch mit Zahlen in Farben Millionen einbringen kann … Ist das gut? »Moritz!« Viktor hat ihn damals aufschrecken, fast anschreien müssen, als er vergessen hat, seinen Gewinn einzuziehen.

»Sie sind irgendwie in Gedanken versunken, Herr Doktor!« Immer wieder ist es Schwarz, der die Stille unterbricht. Augenscheinlich erträgt er es nicht lange, zu schweigen. Er hat ja auch im Laufe der Tanzvorstellung mit Ira ununterbrochen Bemerkungen gemacht oder vor sich hin gemurmelt. »Freilich, wenn Ihre Tochter Ihnen eine Einladung schicken würde …«

Moritz zuckt zusammen, schüttelt energisch den Kopf, sagt, er würde über den Vorschlag, sich über Marseille nach Amerika durchzuschlagen, nachdenken, überlegt jedoch im Stillen, ob es wirklich so schwer sein kann, die Pyrenäen zu überwinden.

Vermutlich würde es mir nicht gelingen, über die Bergkette zu steigen, aus Frankreich nach Spanien zu gelangen, überlegt Moritz. Nie habe ich Berge bestiegen, ich bin ein echtes Kind des Flachlands. Ich würde mich wohl hinlegen, um zu sterben, so wie Franz Werfel, und keine Alma Mahler-Werfel wäre da, um mich aufzurichten und weiterzuschleppen. Und wenn Irina Fjodorowna mit mir ginge, weniger aus Liebe, mehr weil sie sich vielleicht einbildet, das Ballett Russe de Monte Carlo warte in den Vereinigten Staaten auf sie? Ich habe ihr ja mehrmals geholfen, warum nicht einmal sie mir? Das Blau über den Pyrenäen ist mir nicht bestimmt, sondern das noch blauere Blau des Atlantiks.

Ein paar Tage später lädt Rechtsanwalt Schwarz Moritz nach dem Diner zu einer Flasche Champagner ein. Diesmal ist auch Frau Schwarz anwesend, sie wirkt zwar besser gelaunt als sonst, sagt jedoch wieder fast nichts, nickt dafür immer wieder zustimmend. Sie würden morgen abfahren. Schwarz sagt nicht wie, drückt jedoch die Hoffnung aus, dass er, falls es ihm gelänge, nach New York zu kommen, in eine große Kanzlei von Rechtsanwälten aufgenommen werden könnte. Die hätten viele Fälle in Europa abzuwickeln, speziell auch im Deutschen Reich, seine Sprachkenntnisse seien gefragt. Für bestimmte amerikanische Firmen sei gerade nach dem Ausbruch des Krieges so manches auf dem alten Kontinent interessant geworden. Moritz fragt nicht, welchen Weg das Ehepaar zu nehmen gedenke, ob sie Sichtvermerke bekommen haben, es geht ihn ja nichts an, da er ja endgültig beschlossen hat, das seiner Meinung nach sichere Monaco nicht zu verlassen. Vorerst zumindest.

Am nächsten Morgen bedient zum Frühstück ein neuer, junger Kellner, hochgewachsen, blond, geschickt tänzelnd zwischen den schön gedeckten Tischen. Blonde Männer sind hierzulande selten.

»Was ist mit Ihrem Kollegen Philippe, mon ami?«, fragt Moritz.

»Ich hoffe, der Herr ist nicht unzufrieden mit mir?«

»Nein, nein, Sie machen alles wunderbar, ich bin Ihnen sehr dankbar, nur ich kenne ihn jetzt schon so lange …«

»Er hat gekündigt. Wie ich höre, hat er die Absicht, ein eigenes Lokal zu eröffnen …«

Moritz fühlt sich nun noch einsamer. Alles vergeht, alles … Der diskrete Kellner wird ihm mehr fehlen als der aufdringliche Advokat, er wundert sich darüber, der Mann ist also mehr für ihn gewesen als die Tapete, die Luster, das immer blitzblanke silberne Essbesteck, sonst hat er ja keine Bekannten, keine Gesprächspartner. Rohrbacher? Um Gottes willen! Er scheut sich, Ira zu aufzusuchen, anzurufen, sie braucht ihn nicht mehr. Sie hat sich zurechtgefunden. Sie macht, was sie will. Ihr gutes Recht. Wahrscheinlich strahlt sie Tag und Nacht. Er möchte sich nicht aufdrängen. Dann zögert er doch, ob er vielleicht … Was gibt es zu zögern? Was soll ein Greis wie er mit so einer jungen Frau? Er kann sie ja nur langweilen. Anhimmeln? Ein Glas Wein und ein kleines Abendessen kann sie sich jetzt mit jüngeren Menschen, in geeigneterer Gesellschaft selbst leisten. Als Arzt weiß er immer was er tun, was er empfehlen, wie er handeln soll, ebenso, was seine Familie von ihm erwartet. Was hat er jetzt viel zu überlegen? Ruhe, empfiehlt er sich selbst, Ruhe behalten und Tee trinken. Eben will er einen bestellen, als ein Boy erscheint:

»Telefon, Monsieur le docteur, Kabine eins!«

Wer will mit ihm telefonieren? Er eilt zur Kabine, nimmt den Hörer ab.

»Ira am Apparat. Maurice, mein Lieber, ich veranstalte morgen Abend eine kleine Feier in meinem Studio, zu dem auch eine Wohnung gehört. Zur Einweihung! Es wäre eine große Ehre für mich, wenn Sie kommen könnten.«

»Würde ich euch nicht nur stören, mein Kind?«

»Nein, im Gegenteil. Ich bin Ihnen ja so dankbar, ohne Sie und den Tanzabend im Hotel hätte mich der Hof nie bemerkt, ohne Sie wäre ich noch im Blumenladen mit zerstochenen Fingern …« Hat sie herausbekommen, dass er den

Saal bezahlt hat? »Es werden nur einige Freundinnen und Freunde kommen und Sie sind mein Ehrengast!«

Ira diktiert die Adresse, eine Nebengasse vom Boulevard des Moulins. Moritz ist schon lange genug in der Stadt, um zu wissen, dass das eine gute Adresse ist. An der Rezeption bestellt er für morgen Abend einen Strauß Rosen und die beste Bonbonniere, die in der Stadt aufzutreiben ist. In seiner Suite beginnt er wieder einmal zu rechnen. Das sollte die letzte Sonderausgabe hier sein. In eine billigere Bleibe will er nicht umziehen. Noch ein Jahr kann er durchhalten, aber dann würde kaum noch etwas für eine komplizierte Abreise irgendwohin übrig bleiben … Für die Flucht?

Es ist ein stattliches zweistöckiges Haus. Ira hat den halben ersten Stock gemietet. Sie empfängt Moritz in leichtem schwarzem Pullover mit kurzen Ärmeln und flatterndem Rock bis zu den Knien. Tatarenaugen. Sie sei glücklich, dass er gekommen sei. Sie führt ihn in einen ziemlich großen Saal.

»Ruhe, Rasselbande! Ich möchte euch Herrn Doktor Maurice vorstellen, Maurice Carpaty, er hat mir geholfen, meinen ersten Ballettabend zu organisieren. Wenn es ihn nicht gegeben hätte, sein Vertrauen zu mir, würden wir uns nicht hier versammeln können und ich würde weiterhin Blumen binden, bis man mich wegen meiner Ungeschicklichkeit hinauswerfen würde. Und jetzt zeige ich unserem Ehrengast das Studio und ihr könnt zulangen …«

Zwei Dutzend Gäste sind anwesend, alle jung, keiner über dreißig, mehr Mädchen als Burschen, Moritz erkennt einige der Teilnehmerinnen der Aufführung im Hotel. Er atmet auf, dieser Rohrbacher ist nicht da. Noch nicht? Kommt er noch? Fragen möchte er nicht.

Im einem saalartigen Zimmer Ballettstangen an der Wand,

große Spiegel, in der Ecke einige Sessel. Zwei kleinere Zimmer als Garderoben, in der Küche hantieren zwei Mädchen mit Schüsseln, Tassen, Töpfen, ein größeres Badezimmer mit zwei Duschkabinen. Zum Hof ein weiteres Zimmer mit einem großen Bett, daneben ein kleineres Badezimmer.

»Meine erste eigene Wohnung, meine erste überhaupt und das in Monte Carlo! Ist das nicht grandios?«

Sie umarmt den alten Mann, drückt sich fest an ihn, küsst ihn auf die Wangen. Bedanken sich erwachsene Enkelkinder so bei ihren Großvätern? Wieso auch nicht? Er will nicht an seinen Traum denken, wie und warum er die Nackte operiert hat, er kann ihn jedoch nicht verdrängen. Will er das überhaupt? Sie auf seinem Bett? Mit dem Naziabzeichen in der Kehle? Nie wieder hat er Ähnliches geträumt, dem Herrn sei Dank, aber kann man überhaupt verhindern, etwas Bestimmtes zu träumen? Warum erinnert er sich an jede Einzelheit ausgerechnet dieses Traumes? Nicht einmal an Erlebtes erinnert man sich meistens so lebhaft. Zärtlich schiebt er das Mädchen weg von sich:

»Lass dich anschauen, Irotschka! Natürlich ist das alles grandios. Als wir uns kennengelernt haben, fand ich, du seiest unübertrefflich schön, aber jetzt muss ich staunend feststellen, du bist noch schöner geworden, weil du so strahlst!«

Im Saal wird inzwischen eine lange, mit einem Tischtuch aus Damast bedeckte Tafel aufgestellt, Teller mit Pasteten, Scampi in Zitronensauce mit Lavendel, Ziegenkäse mit Datteln, Salade niçoise, drei ganze Hummer à la Bellevue. Ira erklärt, eine Köchin des Hofes habe geholfen, die Tante eines der Mädchen, die in ihrem Ballett tanzten, natürlich kämen die Hummer und noch einiges »von oben«, sie wisse nicht, ob als Geschenk oder ob die liebe Köchin es habe »mitgehen lassen«. Moritz wird zu der Sesselgruppe geführt und nimmt Platz, man bringt ihm Champagner.

»Das ist Margo«, stellt Ira ein sehr hübsches Mädchen vor, das einen Knicks macht. Schwarzes Haar, dicke, fast zusammengewachsene Augenbrauen. »Sie wird Ihnen ein bisschen Gesellschaft leisten, ich muss mich als Gastgeberin noch um einiges kümmern.«

Sie scheint überglücklich, nicht einmal als sie sich nach ihrem Tanz verbeugte, hat sie so froh und selbstsicher gewirkt. Moritz ist ein wenig unhöflich zur neuen Bekannten, dreht sich ihr nicht zu, aber sie fragt ihn plötzlich:

»Sie sind doch Jude, Monsieur le docteur, nicht wahr?«

Moritz wundert sich. Die direkte Frage verwirrt ihn. Ira hat ihn nie danach gefragt, obwohl sie es sicher auch wissen muss. Dass es jedermann weiß, kann er sich denken. Hat Ira mit Rohrbacher über ihn als Juden geredet?

»Ja!« Was soll er anderes sagen oder erklären?

»Macht nichts!« Das tut im ersten Augenblick weh, aber das Mädchen fährt fort. »Wissen Sie, ich bin eine Manouche.«

»Was?« Nie hat er dieses Wort gehört.

»Ich bin eine Zigeunerin. Die Manouches sind eine Zigeunersippe. So wie die Sinti oder die Roma. Oder bei Ihnen die Sephardim und die Aschkenasim.« Sie lacht, Moritz wundert sich, dass das Mädchen sich so gut auskennt. »Manouches leben vor allem in Frankreich, auch in Italien. Das Wort kommt aus dem Sanskrit und bedeutet einfach Mensch. Romani ist unsere gemeinsame Sprache. Yul Brynner ist Zigeuner, der arbeitet im amerikanischen Rundfunk, spricht die Sendungen für Frankreich, Django Reinhardt ist Manouche, sicher haben Sie von ihm gehört, der berühmte Musiker. Meine Mutter behauptet sogar, wir seien mit ihm verwandt. Nun, wir sind wohl alle irgendwie miteinander verwandt.«

Sie erzählt, ihr Vater pflege die Pferde seiner Durchlaucht, ihre Mutter sei Kammerzofe. Es sei gut, dass die Franzosen im Süden dunklen Teint und meist schwarze Haare hätten, auf der Straße unterscheide man sich nicht von ihnen. In Deutschland, wo die meisten Menschen blond seien, müsse es schrecklich sein, sofort als Jude oder Zigeuner aufzufallen. Wie sei es wirklich, der Herr Doktor wisse das doch sicher.

Ira hat ihm diese Gesellschaftsdame also nicht zufällig ausgewählt. Moritz berichtet, was er von Schwarz weiß, ohne die Beschwichtigungen des Schweizers zu verschweigen. Er sei jugoslawischer Staatsbürger, Jugoslawien sei ein neutraler Staat wie Monaco.

Margo besteht nicht weiter auf dem Thema.

»Sie wissen sicher nicht, wie es dazu gekommen ist, dass der Fürstenhof Iras Studio unterstützt, Monsieur le docteur?«

Nein, sie möge ihm das, bitte, erklären. Das hübsche Mädchen erweist sich als redselig. Sie spricht ein gutes Französisch. In Jugoslawien sprechen Zigeuner meist mit einem besonderen, leicht erkennbaren, eher unschönen Akzent, findet Moritz. Und sie kennt sich aus, hat sowohl Tatsachen in ihrem Repertoire als auch Hofklatsch. Fürst Louis II. sei unverheiratet, habe jedoch eine Tochter von einer Geliebten. Sehr jung hatte er in der französischen Fremdenlegion in Afrika gedient, es war Brauch, dass sich Adelige wie er auf diese Art einen Offiziersrang verdienten. Dort hatte er sich in Marie-Juliette verliebt, die als Tänzerin und Sängerin in verruchten Nachtbars auftrat und auch für erotische Fotografien zur Verfügung stand. Louis zog mit ihr zusammen, sie gab ihre Auftritte auf, aber eine Ehe war ausgeschlossen, sie hätte für ihn den Thronverzicht bedeutet. Aus dieser Beziehung stammte ein einziges Kind, Charlotte, die Louis anerkannt und formal adoptiert hatte. Die arme Marie-Juliette starb rechtzeitig, Louis bestieg seinen Thron, nahm Charlotte mit nach Monte Carlo, verheiratete sie mit einem verarmten Adeligen, immerhin aus dem Kreis der Polignacs, ernannte ihn zum Fürsten Grimaldi, so hatte nun auch Tochter Charlotte einen Platz in der hohen Gesellschaft. Louis liebte seine einzige Tochter. Zu Regierungsangelegenheiten und Geschäften zog er sie natürlich nicht hinzu, aber was Gesellschaft, Mode, Kunst und Kultur anging, ließ er sie gewähren. Sie war liberal, wohl auch mit Rücksicht auf ihre verstorbene Mutter.

»Wissen Sie, Monsieur le docteur, ich glaube, uns droht hier keine so große Gefahr wie anderswo, weil sie uns beschützen wird. Unsere Leute verstehen etwas von Pferden, unsere Frauen können singen und tanzen. Ich auch. Und was am wichtigsten ist – uns beneidet man nicht so wie die Juden. Wir hier werden schon irgendwie durchkommen …«

»Aber hier gibt es doch keine Probleme für Juden und Zigeuner, Fräulein Margo, was befürchten Sie?«

»Louis liebt und verehrt Hitler. Er ist noch schlimmer als Pétain, er wird bald freiwillig alles nachmachen, was das Deutsche Reich tut, man wird ihn nicht einmal dazu zwingen müssen. Für Sie wäre es sicher besser, wenn Sie rechtzeitig fliehen würden …«

»Hat Ihnen Ira gesagt, dass Sie mich warnen sollen?«

»Gott behüte, nein! Die bringt mich um, wenn Sie ihr sagen, dass ich getratscht habe …«

Sollte er ihr glauben, dass nicht doch Ira auf eine feine Weise, ohne ihn zu beleidigen, einfach nur will, dass er verschwindet? Kündigt sie auf diese Weise ihr Verhältnis auf?

Was für ein Verhältnis? Sie haben doch keines. Es kommt durchaus vor, dass Enkeltöchter ihre Großväter loswerden wollen. Im normalen Leben. Was ist ein normales Leben? Sein eigener, sein ältester Sohn hat ja alle Beziehungen mit ihm abgebrochen.

»Ich habe ohnehin die Absicht, bald in meine Heimat zu meiner Familie zurückzukehren und diese wunderschöne Stadt zu verlassen«, Moritz hofft, dass Margo das Ira weitersagen wird. »Ich hatte mir nur vorgenommen, einen großen zufälligen Spielgewinn hier an Ort und Stelle auszugeben, denn es ist kompliziert, ihn von hier aus nach Jugoslawien zu transferieren. Bedroht fühle ich mich weder hier noch bei uns zu Hause, trotz des Furchtbaren, das mancherorts geschieht, und das Geld hier geht mir allmählich aus …«

»Haben Menschen wie Sie je finanzielle Probleme?«

Das war wieder ein Stich. Meint sie, Juden seien immer reich? Oder Doktoren und Angehörige dieser Schichten? Er versucht, ironisch zu antworten.

»Schlimmere Probleme als einfachere Leute. Reichen fehlen viel größere Summen, nicht nur für das tägliche Brot und ein Dach über dem Kopf, sondern auch für Butter und Kaviar aufs Brot und Hummer und einen Palast unter dem Dach …«

»Ich meinte nur, Son Altesse Sérénissime le Prince …«

»Bitte?«

»Ach, Louis besteht darauf, dass man ihn immer mit diesem Titel anredet, auch wenn er nur an einem vorbeigeht, hat man stillzustehen und seinen Titel zu nennen, wie eine Art Gruß zum Hofknicks der weiblichen Personen und dem tiefen Bückling der Männer. Ich wollte nur sagen, der ist ein ekelhafter Antisemit, aber er verlässt sich nur auf jüdische

Banken, behauptet, die Juden verstünden es am besten, mit Geld umzugehen. Uns Zigeuner duldet er ja nur wegen seiner großen Liebe, dieser Hure, Charlottes Mutter, weil er glaubt, dass alle Zigeunerinnen Huren sind, aber das dürfen wir ruhig sein, er hat nichts dagegen …«

Margo setzt fort, in immer derberen Worten über den Hof herzuziehen, wie man dort tafele, was man alles wegwerfe, wie man sich nicht um die Armen schere, die schönen Pferde vernachlässige, sodass sie gut gefüttert, aber zu wenig nutze, immer dicker, nervöser und schwerer zu behandeln seien, die schönen Tiere. Louis besitze große Liegenschaften in Frankreich, die seien seine eigentliche Sorge.

Während Margo weiterplappert und Moritz in Gedanken abgleitet und nicht mehr zuhört, spielt Musik vom Grammofon, es wird getanzt. Dann aber legt Ira eine Platte mit Klavierstücken von Chopin auf, alles wird still, man setzt sich auf den Boden und hört andächtig zu. Ira will sich zu Moritz' Füssen niederhocken, aber Margo steht sofort auf und macht ihr den Sessel frei.

»Sie sind traurig, Maurice, deshalb habe ich das Gehopse unterbrochen und für ernstere Musik gesorgt. Ich verstehe Sie. Der Rummel muss Ihnen auf die Nerven gehen. Ich würde Sie gern morgen oder übermorgen zu einem Abendessen unten am Hafen einladen. Nur wir zwei …«

»Aber das musst du nicht, Kind, ich …«

»Ich bestehe darauf!«

Otschi tschornje. Ob sie vielleicht eine Schallplatte mit diesem Lied hat? Nein, er fragt nicht danach.

Moritz legt sich kurz nach Mitternacht wie immer im sauberen, frisch gebügelten Schlafanzug in seiner Hotelsuite schlafen. Er ist es gewohnt, Pyjama, Hemd, Unterhose, Socken nie zweimal anzuziehen, möglichst nicht zweimal die Nase mit demselben Taschentuch zu putzen. Er kann es sich leisten. Immer schon. Er kann es sich auch weiterhin leisten. Das Hotel sorgt für das Waschen und Bügeln. Die Rechnung kommt wöchentlich. Und die Menschen in den Konzentrationslagern?

Was er an Garderobe nach Monte Carlo mitgenommen hat, war bester Qualität, nach eineinhalb Jahren aber sieht man allem an, dass es nicht mehr neu ist. Nicht mehr ganz neu. Zu Hause hätte er manches von dieser Wäsche nicht mehr getragen, sondern weitergeschenkt. Einiges hat er sich inzwischen in Monte Carlo gekauft, auch vom teuersten Schneider in der reichen Stadt Anzüge und einen Wintermantel machen lassen. Unterwäsche nicht. Noch nicht. Zu Hause war auch sie stets maßgeschneidert. Und die Menschen in den Konzentrationslagern?

Essen und trinken kann er, was er will. Immer schon. Immer noch? Damals, als Student in Budapest, konnte er das einige Jahre lang nicht, aber damals schmeckte auch Schmalzbrot mit rotem Paprika. Er ist ein echter Gourmet. Seit wann? Seit er sich entsinnen kann. Nein, das doch nicht. Er ist wählerisch geworden. Warum auch nicht? Und die Menschen in den Konzentrationslagern?

Er versucht sich vorzustellen, wie man dort … Wie er dort, falls er … Schwarz hat ja vieles beschrieben.

Fürst Louis schätzt nur reiche Juden, ansonsten ist er Antisemit. Margo hat sicher recht.

Rechtsanwalt Schwarz hat auch erzählt, dass hier in Monte Carlo einige jüdische Handwerker aus Deutschland, Polen oder der Tschechoslowakei illegal bei einheimischen Meistern arbeiten. Oft sind sie besser als ihre Arbeitgeber, werden jedoch schlechter bezahlt als monegassische oder französische Gesellen. Die wird man ergreifen, diese jüdischen Meister. Die als Erste. Wer kommt nach ihnen an die Reihe?

Er kann nicht und nicht einschlafen. Nach einer halben Stunde steht er auf, spaziert in der Suite auf und ab. Iras Studio und der Wein waren diesmal kein Veronalersatz. Er hat keine Lust, sich jetzt anzuziehen, eine Nachtbar aufzusuchen, sich dort in eine Ecke zu verziehen und etwas zu trinken. Allein. Möglicherweise würde er nicht lange allein bleiben, irgendeine würde ihn ansprechen, sich anbieten, aber er kann es sich nicht vorstellen, nicht einmal um die Nachtzeit totzuschlagen. Und wenn er versucht, sich zu betrinken? Das kann er auch hier. Eine Flasche Cognac aufs Zimmer bestellen? Das wäre ganz einfach. Nein. Er ist zu ordentlich, zu konservativ, nicht einmal zur Abwechslung kann er anders sein. Wie alle Welt. Wie der Plebs. Die Masse. Beati pauperes spiritu. Er kann sein Latein. Auch das Vaterunser auf Latein. Warum nicht? Selig sind die Armen im Geiste. Wer sind die, die selig sein werden? Selig sein wollen? Er, Moritz, gehört sicher nicht zu ihnen. Oder doch? Sucht er hier in Monte Carlo, fern von den Seinen, die Seligkeit? Aber wer sind sie, die »Armen im Geiste«? In der Schublade des Nachttischs liegt eine Bibel auf Französisch. La Sainte Bible. Er könnte versuchen, in ihr zu lesen. Sein Französisch aufbessern. Sollte er etwas nicht verstehen, kann er in seinen Wörterbüchern, dem Ungarisch-Französischen oder dem Deutsch-Französischen nachschlagen. Er besitzt beide. Gebraucht sie selten. Für den Alltag spricht er die Landessprache hier ausreichend gut, aber wahrscheinlich nicht für die Heilige Schrift. Nein. Die Geduld dafür bringt er nicht auf. Nicht jetzt. Wann dann? Die Zeit vertreiben. Die Nacht überleben. Die todmüden Häftlinge in den Konzentrationslagern schlafen sicher fest. Falls man sie schlafen lässt. Am Morgen wird alles besser sein. Wenn die Sonne aufgegangen ist, wird es besser sein. Gut sein. Das wird es jeden Morgen. Das sagt die Erfahrung. Selbst wenn sie nicht auf Monte Carlo scheinen sollte, sich über diesen Landstrich hinter Wolken verbergen würde. Dunkelgraue Wolken über etwas heller grauer See. Man freut sich doch, aufzuwachen, weil man die Nacht überlebt hat. Oder doch nicht, weil der Tag mit Schrecklichem droht? Auch wenn man gar nicht aufwacht, weil man nicht geschlafen hat, bricht der Tag an, und die Sonne kümmert sich nicht darum, wen sie wann und wo bestrahlt. Gar nicht aufwachen, obwohl man geschlafen hat, bedeutet tot zu sein. Das weiß man dann allerdings nicht. Schade.

Seinerzeit hatte man an nichts gedacht, wenn man fragte: »Wie geht es dir?« »Wie geht es Ihnen?« Man war gar nicht neugierig, wie es dem anderen ging, warum sollte es ihm nicht gut gehen? Man hörte nicht richtig zu, wenn der andere antwortete: »Danke, gut.« Comment allez-vous? Ça va, merci. Es ist der einfachste Gruß hierzulande: Ça va! Es geht.

Ja, es geht. Er geht auf und ab durch das Wohnzimmer der Suite, dann durch das Schlafzimmer und wieder zurück, um die Sitzgruppe herum, zum Fenster, um zu überprüfen, ob der Tag endlich anzubrechen geruht.

Er kennt jetzt schon alles hier in der Suite. Jede Einzelheit.

Hier, in dieser Suite des Hotels Hermitage am Square Beaumarchais, genauso wie in der Wohnung in seiner Heimatstadt, in der er drei Jahrzehnte lang gewohnt hat. Auch hier ist ihm jedes Detail vertraut, die Farben des Lampenschirms am Bett, des anderen auf dem Schreibtisch, der Stehlampe neben dem Lesesessel, der Vase auf dem runden Tisch mit der Glasplatte, die Bilder an den Wänden, die Teppiche, das Muster des Parketts, die Seidentapete an den Wänden, der warme Schein des blanken Holzes der Möbel, die bunten Fliesen im Badezimmer und der Vorleger vor der Badewanne, die soliden Türbeschläge, die schweren Vorhänge. Und zu Hause? Dort ist es ähnlich, aber der Instrumentenschrank in der Ordination, das Essbesteck, das Porzellan, Silber, das man putzen muss, kommen noch dazu. Viola beklagte sich immer, das Personal – es war feiner, »Personal« zu sagen als Dienstmädchen – mache das nicht gut, daher müsse sie es selbst tun. Dann nickte er nur. Sagte nicht: »Liebes, du hast ja nichts anderes zu tun …« Auch in den vornehmen Hotels wie dem seinen hier isst man mit silbernem Besteck, die Gäste kümmern sich natürlich nicht um das Putzen. Das erledigt jemand. Und wie fühlt sich dieser Jemand, wahrscheinlich ein Mädchen, eine Frau? Ist sie froh, überhaupt Arbeit zu haben, oder neidisch, hasst sie die Leute, die mit diesem Messer feinstes Fleisch schneiden dürfen? In den kleinen Gasthäusern am Kai, in die er gerne essen geht, frittierte Sardinen zum Beispiel, nicht aus Sparsamkeit, sondern wegen der Seeluft, ist das anders. Da bedient oft der Patron – der Wirt höchstpersönlich. Chef nennen die Franzosen und natürlich die Monegassen den Küchenchef, den Chefkoch. Diese Patrons wirken meist wie zufriedene Menschen.

Dort hört man das Plätschern der Wellen … Mit Ira. An solchen Orten achtet er nicht auf das Besteck. Neben Ira.

Otschi tschornje … Kak ja ljubim vas … Nein. Nicht aussprechen. Nicht zu Ende denken. Das ist nicht gestattet.

Diese Nacht ist schlimmer als alle anderen bisher. Da war der schreckliche Traum noch gut im Vergleich. Er muss sich irgendwie Veronal beschaffen. Es sich auf dem eigenen Rezeptblock verschreiben und es in einer örtlichen Apotheke versuchen? Warum nicht? Wenn man es nicht anerkennen will, einfach nur abwinken: »Pardon, dann lasse ich es mir von einem Kollegen hier verschreiben …«

Zu versuchen, bei einem hiesigen Arzt zu arbeiten, wie so viele jüdische Uhrmacher, Schneidermeister, Tischler … Wie sollte er das anfangen? Würde ihn jemand nehmen? Als Aushilfe? Wenigstens als Arzthilfe? Aufs Wort? Sein Diplom hat er ja nicht mit. Das »Dr.« im Reisepass bewies nichts. Ist er nicht ohnehin zu alt dafür? Einem Arzt zu dienen, der jünger ist als sein jüngerer Sohn? Soll er Rohrbacher auf die Gefahr hin fragen, dass das sein Ende beschleunigt, er ihn dann abschieben lässt nach Frankreich? Auch keine schlechte Idee, in einem Gefängnis oder in einem Lager würde er vielleicht schlafen können. Nur ein wenig, noch einmal ein wenig schlafen.

Ein Blick auf die Uhr. Diesmal hat er nicht vergessen, sie aufzuziehen. Dreiviertel vier. Bald wird die Nacht um sein. Für diese goldene Taschenuhr mit Kette würde er Geld genug bekommen, um drei Monate lang zu leben wie gewohnt. So viel ist sie mindestens wert, aber würde man ihm auch tatsächlich so viel zahlen, hier, wo man weiß, dass Menschen wie er alles Mögliche verkaufen müssen? Er könnte natürlich auch Rohrbacher fragen. Vielleicht will er sie günstig haben. Oder den Chef der Hotelrezeption. Lieber nicht, im Hotel darf er sich keineswegs eine Blöße geben. Wieso will er sein Hiersein verlängern, er will ja weg. Endlich weg.

Er wacht um halb zwölf auf, fast schon Mittag, kann sich nicht erinnern, wann er sich ins Bett gelegt hat, ist ausgeruht, lebensfroh. Und hungrig. Auf angenehme Weise hungrig. Für ein Frühstück im Speisesaal des Hotels ist es zu spät, dann also am Hafen. Eine Kleinigkeit bestellen. Wieso ist er in Panik gewesen? Das Gespräch mit dieser Margo hat ihn erschreckt. Die Sonne scheint. Leicht könnte er den Winter noch überstehen, er hat ja keine besonderen Ausgaben ... Wenn er ein klein wenig aufpasst, außer bei Einladungen mit Ira ...

Otschi tschornje. Nicht nur die Augen, die ganze Ira im Trikot. Und nackt im Traum. Leben. Noch ein wenig leben. Noch ein wenig. Bitte!

Für den Abend hat die schöne Russin Moritz in ein viel vornehmeres Bistro eingeladen, als er sie sonst besucht. Hat sie sich verändert, seit sie sich kennengelernt haben? Ja und nein. Sie wirkt noch jünger, ein Mädchen, das eben erst zur Frau geworden und für ein neues Leben bereit ist. Moritz ist zu unerfahren, um zu wissen, dass es an der Schminke liegt. Teurere, bessere Schminke und wohl auch der eine oder andere Rat von Freundinnen, die den Umgang damit am Fürstenhof gelernt haben.

Sie sitzt sehr aufrecht, lehnt sich nicht an, hält den Kopf stets hoch, als gehörte die ganze Welt ihr. Sie gehört ihr. Zumindest in den Augen des alten jüdischen Doktors. Ein dunkelgrauer Rock bis zu den Knien, um die Beine nicht zu verbergen, der diesmal grüne Pullover eng angeschmiegt und ein vielleicht etwas zu buntes Seidentuch. Hat er es ihr geschenkt? Er kann sich nicht erinnern. Aber ihr steht alles gut. Und diese großen Augen.

Sie besteht darauf, Blinis mit Kaviar zu bestellen, das erinnere sie an Russland. Obwohl sie nur als Baby in Russland gewesen ist und sich gewiss an nichts von dort erinnern kann, weil sie in Paris aufgewachsen ist. Danach ein Risotto mit Scampi und Jakobsmuscheln und eine Flasche Sancerre. Moritz sagt, sie übertreibe, das sei doch viel zu teuer, sie lacht, beruhigt, der Fürstenhof komme dafür auf, sie dürfe manchmal jemanden einladen, zeigt stolz eine Visitenkarte mit dem Wappen von Monaco und die mit grüner Tinte darauf gekritzelten Worte. Den Wein darf trotzdem er kosten, wie es sich gehört, dem Kellner zunicken, danach prosten sie einander zu und sehen sich in die Augen. Erst nachdem sie die Gläser abgesetzt haben, wird sie ernst:

»Margo hat zu viel geplappert. Sie hat mir gebeichtet. Keine Sorge, Maurice. Ich werde genug für uns beide haben. Bald werden Sie sich verstecken müssen. Dann siedeln wir Sie nachts zu mir um. Bei mir wird Sie niemand suchen. Speziell nach Ihnen als Person wird man nicht fahnden, man wird glauben, Sie seien irgendwie nach Übersee abgehaut.«

»Ira!«

»Man hört so allerlei. Ich und mein Studio stehen unter Charlottes Schutz. Louis lässt seine Tochter in jeder Hinsicht gewähren. Nun, nicht in jeder Hinsicht, der alte Idiot, aber in Sachen Kunst wird er sich nicht einmischen.« Moritz ist sprachlos, die Tänzerin schweigt einen Augenblick nachdenklich, dann fährt sie fort, redselig, wie er sie auf dem Bootsausflug kennengelernt hat. »Wer weiß, wie lange der Krieg noch dauern wird. Und wie er ausgeht. Zum Ballet Russe komme ich mein Lebtag nicht mehr. Wenn der Schrecken vorbei ist, werde ich zu alt sein. Die Deutschen sagen, bis zum nächsten Sommer haben sie gesiegt, aber das glaube ich nicht …«

Ist das eine Provokation? Lieber schweigen …

Das Meer klopft mit seinen Wellen ruhig und regelmäßig an die Steine des Kais.

»Was bedeutet eigentlich das russische Wort goluboi, Irotschka?«

»Hellblau, dunkelblau ist sinjij. Wie kommen Sie darauf?

»Kann man sagen, dass der Himmel über uns jetzt goluboi ist?«

Sie hebt den Kopf auf ihre charmante Weise und kichert:

»Ja, das könnte man sagen ...«

»Auf Serbisch nennt man einen Vogel so ähnlich, weißt du ...«

»Golubka?«

»Ja. Der Himmel erinnert mich an die weichen Bäuche der Tauben in meiner Heimat, im Banat. Hat dein Nachname etwas mit Tauben zu tun, du heißt doch Golubew ...«

Erneut lacht sie:

»Irina Fjodorowna Golubewa. Nein. Der hat nichts mit Tauben zu tun, obwohl ich nichts dagegen hätte ...«

Er hat damit von ihrem Angebot abgelenkt, aber er muss doch darauf reagieren, auch wenn es ihm schwer fällt:

»Ich danke dir dafür, dass du dir Sorgen um mich machst, aber warum sollte ich mich verbergen? Monaco ist doch ein neutrales Land.«

»Die Deutschen werden fordern, dass alle Juden abtransportiert werden, nicht nur aus Vichy-Frankreich, sondern auch aus Monaco.«

»Woher willst du das wissen? Hat dir das Rohrbacher gesagt?«

»Er auch ...«

»Du tanzt auf zu vielen Bällen, Irotschka.«

»Ja, Maurice, ich bin Tänzerin von Beruf und ich habe

mich soeben beklagt, dass man mich nicht mehr den weißen Schwan oder Giselle tanzen lassen wird, also trete ich auf vielerlei Veranstaltungen auf …«

»Tanze nur nicht wie die Mata Hari, auch nicht zum Spaß …«

»Wer ist Mata Hari?«

Weiß sie das wirklich nicht? Warum soll sie es wissen müssen?

»Eine exotische Nackttänzerin und die berühmteste Spionin des Weltkriegs. Die Franzosen haben sie erschossen …«

Sie fasst mit ihrer schmalen Hand nach seiner alten, mit braunen Flecken bedeckten, die auf dem Tischtuch liegt, streichelt sie kurz und sagt nachdenklich:

»Berühmt bin ich nicht. Kann ich es noch werden? Winken Sie bitte dem Kellner, wir wollen den Käse bestellen.«

Liebt sie mich? Sie bestreitet nicht, dass sie eine Mata Hari sein könnte. Sie liebt mich doch, denkt Moritz. Das ist vielleicht ein zu starkes Wort, aber sie mag mich auf irgendeine Weise. Wie die Enkelin ihren Großvater? Einen altersschwachen Großvater, der ihr früher oft geholfen hat? Ihre Verbindung reicht ja nur kurz zurück, ins vorige Jahr, als er sie dabei unterstützt hat, sich auf eigene Beine zu stellen. Auf die eigenen, schönen Ballerinabeine. Ist schon so viel Zeit seither vergangen? Verbindung ist auch übertrieben, Bekanntschaft. Gute Bekannte sind sie. Es ist unmöglich, dass sie ihn in eine Falle locken will. Dass ihr Rohrbacher aufgetragen hat, sie solle ihm sagen, er sei in Gefahr, um zu beobachten, was er machen werde. Ob er ihr möglicherweise verraten werde, welchen Fluchtweg er zu benützen plane. Vielleicht verspricht er sich davon, so allerlei aufzudecken. Oder sie arbeitet mit jemandem von der monegassischen Polizei zusammen. Die sind ja auch nicht naiv. Ist es möglich, dass sie ihn so anlügt und dabei offen anschaut mit ihren schwarzen Augen? Es gelingt Moritz nicht, den Verdacht zu verscheuchen. So ist er. So ist das Alter. Vielleicht ist sie einfach nur zu leichtsinnig. Sinn? Sinn des Lebens? Wieder spielt er in Gedanken mit der Sprache. Darf er Ira vertrauen, nur weil er …? Weil er was? Verliebt ist in sie? Die Erfahrung, die erlebten Enttäuschungen lehren einen das Zweifeln. Er liebt sie. Gewiss liebt er sie. Ihre ganze Gestalt. Ihre Stimme. Ihr Französisch mit dem leichten, ganz leichten, jedoch erkennbaren russischen Akzent. Ihren Körper, ja. Ihre Augen. Die bringt sie jetzt mit ihrer Schminke noch besser zum Ausdruck, sie ist sich ihrer Wirkung bewusst. Nie würde er sich mit einem Versuch blamieren, sie zu umarmen, zu streicheln, wie es sich nicht schickt, und wahrscheinlich zurückgewiesen werden. Was würde er dann beschämt tun?

Sie bestellen eine Käseauswahl. In der Flasche ist noch Wein für zwei Gläser, der Kellner schenkt ein.

»Ich danke dir, Ira. Jugoslawien ist und bleibt neutral. Mein jugoslawischer Reisepass wird von den Deutschen anerkannt. Jugoslawien ist nicht von den Deutschen besetzt. Ich glaube nicht, dass mir irgendeine Gefahr droht.« Aber warum fährt er dann nicht nach Hause? Wenn alles so ist, wäre es doch einfach. Was soll er antworten, wenn sie direkt danach fragt? Sie fragt nicht. Sie sagt, es freue sie, das zu hören.

»Wenn ich etwas Neues erfahre, benachrichtige ich Sie sofort, Maurice. Meine Einladung bleibt jedenfalls aufrecht.«

Moritz geht oft im Park spazieren, den ihm Ira am Anfang ihrer Freundschaft gezeigt hat. Er erinnert ihn stets an sie. Freundschaft? Ja, jedenfalls mehr als nur Bekanntschaft. Aber was ist diese Beziehung wirklich? Ist es eine Beziehung? Das Gehen fällt ihm immer schwerer. Schmerzen in den Hüften. Unwillkürlich verschränkt er beim Gehen die Hände hinter dem Rücken. Das ist typisch, weiß der Arzt. Coxarthrose? Angemessen für sein Alter. Vielleicht sollte er sich einen schönen Spazierstock besorgen.

Obwohl es kalt geworden ist, blüht hier immer etwas. Beete, Büsche, Bäume. Er bewundert die hohen, oft leicht vom Wind gebeugten Zedern, Olivenbäume, die aufrechten Zypressen, hohen Palmen. Lorbeer, Tannen und Fichten kennt er auch von zu Hause. Er streicht über die Rinde einer Korkeiche, riecht am Harz der Pinien. Ein Prospekt lehrt ihn die Namen der seltenen Blüten. Aha, Hibiskus. Freut mich, das alles noch kennengelernt zu haben. Davon kann ich meinen Enkelkindern erzählen. Falls ich je Gelegenheit dazu haben werde. Vorerst kann ich jedenfalls die Natur bewundern. Aber das ist nur halb so schön, wenn man es niemandem erzählen kann. In welcher Sprache könnte ich mich mit meinen schwarzen Enkelkindern unterhalten? Die kennen ganz andere Wunder in ihrer Heimat, im afrikanischen Urwald. Die für sie keine Wunder sind, sondern Alltag. Für sie werden vielleicht eines Tages die Kukuruzfelder, der goldene Weizen, Mohnblumen, endlose Felder mit nur vereinzelten Bäumen oder Ziehbrunnen, die Landschaft, in der ihr Vater aufgewachsen ist, so exotisch wirken wie Monte Carlo auf mich.

Im warmen Wintermantel kann Moritz sich auch an kälteren Tagen auf eine der bequemen Bänke setzen. Am liebsten unter eine Akazie. Die ist nicht exotisch, es ist, als leistete ihm eine alte Bekannte aus der Heimat Gesellschaft. Stets hat er irgendein Buch, Zeitungen und Zeitschriften mit, er liest aber kaum, die Natur ist viel interessanter als die schwarzen Zeichen auf Papier, denen man nichts Erfreuliches entnehmen kann. Die Vögel zwitschern ihre Lieder ohne Worte.

Nachdem die Deutschen Dänemark ohne Schwierigkeiten eingenommen hatten, brauchten sie etwas länger, um Norwegen zu besetzen, aber jetzt gehört Europa Hitler und die kleinen neutralen weißen Flecken, die Schweiz, Jugoslawien und das winzige Monaco, ändern nichts daran. Jetzt hat Moritz alle Zeit der Welt, über die Entwicklungen nachzudenken. Und inwiefern sie ihn und die Seinen betreffen. Bedrohen. Ist das eine Bereicherung des Lebens? Ist es zwischen den zwei Weltkriegen zu langweilig gewesen?

Die deutsche Luftwaffe bombardierte England mit tausendfünfhundertsechsundsiebzig Flugzeugen, die Angegriffenen konnten dem nur etwa fünfhundert entgegensetzen. Deutschland und die Sowjetunion hatten Polen aufgeteilt, aufgrund eines Geheimabkommens bekam Stalin als Zusatzgeschenk Bessarabien, einen Teil Rumäniens, und das Recht, die baltischen Staaten zu besetzen, nach einem heroischen Widerstand Finnlands auch einige Teile dieses Landes. Frankreich war besiegt, die Engländer hatten nur mit Müh und Not einen Teil ihrer Armee vom Kontinent über den Ärmelkanal retten können.

Moritz ahnt nicht, was noch geschehen wird, er hofft manchmal sogar verzweifelt, dass der Krieg nach einer Kapitulation

Englands zu Ende gehen könnte, es Jugoslawien gelingen würde, bis zum Schluss neutral zu bleiben und das nationalsozialistische Deutschland nach seinem großen Sieg gnädiger zu den Besiegten sein würde. Und was würde mit den Juden geschehen? Würden sie irgendwohin ausgesiedelt werden? Wie einst nach Persien? So steht es doch in der Bibel. Wieder einige Jahrhunderte Diaspora? Ist ja alles schon da gewesen.

Nur Hitlers Verbündeter Mussolini bereitete Probleme. In Afrika hatte er die britische Wüstenarmee angegriffen, es war ihm zwar 1939 gelungen, Albanien zu erobern, aber gegen Griechenland erlitten seine Soldaten eine Niederlage nach der anderen. Aufmerksame Leser konnten in der deutschen, gleichgeschalteten Presse einen leicht verächtlichen Ton gegenüber Italien feststellen.

Im Hotel Hermitage buchen nun immer mehr deutsche Gäste Zimmer. Laut, oft sogar mit brüllendem Gelächter, schreiten sie durch die eleganten Hallen und Salons. Sie sind nicht gerade vornehm gekleidet, oft schlottern die Röcke an ihnen, an ihrem kurzen Haarschnitt erkennt man Offiziere, die sich in Zivil nicht ganz wohlfühlen. Wenn sie vor einem der Ihren die Hacken zusammenschlagen und sich leicht verneigen, erkennt man die Hierarchie, obwohl sie keine Rangabzeichen tragen. Mittags werden die Wehrmachtberichte im Hotelsalon sehr laut geschaltet. Die alten Gäste ziehen sich in die Ecken des Restaurants und der übrigen Aufenthaltsräume zurück.

Seit Rechtsanwalt Schwarz weg ist, hat Moritz mit niemandem mehr näheren Kontakt aufgenommen. Man nickt einander freundlich, manchmal irgendwie verständnisvoll zu, zuckt vielleicht die Achseln und tauscht abschätzige Blicke aus, wenn die Deutschen zu viel Krach machen, hütet sich aber, neue

Freundschaften zu schließen. Allerdings scheint niemand so einsam zu sein wie Moritz. Neue Anzüge bestellt er nicht mehr, also hat er auch keinen Kontakt mehr zum Schneidermeister.

Eines Tages bittet der Empfangschef des Hotels Monsieur le docteur in sein Büro und fragt, ob er nicht seine Suite gegen ein anderes, ebenso hübsches, aber billigeres Einbettzimmer tauschen wolle. »Ach, wissen Sie, die deutschen Offiziere …« Moritz sagt, ohne auch nur einen Augenblick zu überlegen, nein, schlägt vor, immer drei Monate im Voraus zu zahlen, damit könne man gleich anfangen. Der Chef ist sofort einverstanden, verspricht eine Flasche Champagner hinaufzuschicken. Nein danke, lieber Wein. Als Moritz wieder in die Suite hinaufgeht, warten auf ihn bereits ein Korb mit Obst und ein guter Bordeaux.

Am nächsten Tag begegnet Moritz nach dem Frühstück Rohrbacher. Am liebsten würde er an dem Deutschen einfach mit kurzem Gruß vorbeigehen, aber der breitet die Arme aus:

»Herr Doktor! Wie freue ich mich, Sie bei guter Gesundheit und munter anzutreffen …« Kein höflicher Ausweg steht bereit, sich auf dringende Geschäfte zu berufen wäre nicht glaubwürdig, also muss er der Einladung folgen, sich zu einem Aperitif, einem Dubonnet, zu setzen. Rohrbacher lächelt, der Jude versucht, dem Nazi gleichgültig und ruhig in die Augen zu schauen.

»Die Dinge entwickeln sich hervorragend, der Frieden ist nahe, Sie lesen doch gewiss die Zeitungen, Verehrter.«

»Allerdings.«

»Aber Sie können nicht wissen, was nicht veröffentlicht wird. Wenn unsere Luftschläge nicht ausreichen, die Engländer zur Kapitulation zu zwingen, werden wir eine Landeoperation durchführen und die Insel besetzen. Unsere Luftwaffe beherrscht den Himmel souverän, unsere U-Boote versenken ihre Schiffe gnadenlos, so unterbrechen wir die Lebensmittelversorgung für die Bevölkerung. Zwar nennt unsere Propaganda diesen Inselstaat das perfide Albion, aber der Führer ist ja eigentlich anglophil. Unsere Rassen sind verwandt. Er hat der Kriegsmarine schon den Befehl gegeben, für die Eroberung der Insel zu rüsten, aber nach dem Krieg werden wir England anbieten, alle seine Kolonien zu behalten, als wäre nichts gewesen. Der Kontinent Europa jedoch hat uns zu gehören!«

»Warum erzählen Sie mir das, Herr Rohrbacher?«

»Wir unterhalten uns ja bloß, wir haben einander schon so lange nicht gesehen …«

Moritz beschließt, alles auf eine Karte zu setzen, ihm ist jetzt egal, was dieser Gestapomann vorhat: »Wenn Sie mir das gesagt haben, damit ich es jemandem weitergebe, muss ich Sie vertrösten. Ich habe keine entsprechenden Kontakte. Ich bin kein Agent. Ich bin die falsche Adresse für Ihre Botschaft.«

Der Deutsche lächelt weiter, reagiert auf diesen Ausfall überhaupt nicht, tut, als hätten sie sich über Belangloses unterhalten, und setzt gleich mit dem nächsten Thema fort: »Es ist ziemlich kalt für den Süden. Einheimische haben mir gesagt, das sei ungewöhnlich. Es könnte sogar bald schneien. Man stelle sich vor, schneebedeckte Palmen!«

Es gilt, die Situation anzunehmen, wie sie nun einmal ist. Warum auch nicht? Was sonst ist möglich?

»Und ich hatte gehofft, hier noch einen angenehmen warmen Winter zu verbringen …«

»Sie bleiben also in Monte Carlo? Ich dachte, Sie würden die Stadt mit Herrn Doktor Schwarz verlassen. Sie waren doch befreundet, nicht wahr?«

»Nein. Wir haben einander kaum gekannt, uns manchmal

hier in der Lobby unterhalten, so wie wir beide es eben tun, Herr Rohrbacher. Wieso hätte ich irgendetwas mit Herrn Doktor Schwarz unternehmen sollen? Ich hatte keine Ahnung, dass er verreisen würde, stellte nur eines Tages fest, dass er nicht mehr da war …« Hat er sich fast entschuldigt, sich damit noch verdächtiger gemacht? »Also, um auf Ihre erste Frage zurückzukommen: Ja, ich gedenke bis auf Weiteres in Monte Carlo zu bleiben. Monaco ist ein neutrales Land, Jugoslawien auch.«

»Wenn Sie meine Meinung hören wollen, verehrter Herr Doktor, lange wird das so nicht bleiben können. Das wird auf diesem Kontinent nicht möglich sein, man wird sich entscheiden müssen, und zwar bald.«

Weder Viktor noch Moritz hatten nach ihrer Ankunft versucht, ihre jüdische Herkunft zu verschleiern, sie hatten sie aber auch nicht betont. Das war freilich vor dem Krieg gewesen. Hat es je eine Zeit vor dem Krieg gegeben?

Moritz verschluckt die Idee, Rohrbacher auf Ira anzusprechen. Sie haben sich zu dritt kennengelernt. Beide haben ihr geholfen, den Ballettabend im Hotel zu veranstalten. Der Deutsche erwähnt sie ja auch nicht. Was weiß er von ihr, von ihrem Studio, ihrer neuen Beziehung zum Fürstenhof? Ist er schon bei ihr zu Besuch gewesen? Ira hat erwähnt, sie habe einiges von ihm erfahren, auf die Frage, ob er ihr etwas über die bevorstehende Abschiebung von Juden gesagt habe, hat sie geantwortet »er auch«. Und bei der Warnung, sie solle keine Mata Hari spielen, hat sie nicht gesagt, nein, nein, das tue sie nicht, Gott behüte, sondern nur seine Hand gestreichelt …

Die Zeit steht still. Moritz erscheint alles, was er tun und lassen könnte, sinnlos. Er könnte den ganzen Tag im Bett bleiben. Weder Patienten noch seine Frau, auch keine Freunde im Café oder der Bierbrauerei warten auf ihn. Trotzdem steht er natürlich auf, rasiert sich aufmerksam, wählt bedächtig Hemd, Anzug, Krawatte oder Fliege, frühstückt wie jeden Tag, geht bei jedem Wetter vormittags spazieren, obwohl manchmal jeder Schritt schmerzt. Das Wetter behagt ihm gar nicht. Er kauft deutsche und französische Zeitungen und Zeitschriften, isst irgendwo eine Kleinigkeit zu Mittag, liest nachmittags in seiner Suite, später in einem Café bei einem Tee. Er schreibt Briefe oder seine Notizen. Und kann es kaum erwarten, dass der Tag vergeht und er müde genug ist, um sich ins Bett zu legen. Und sich dann abzuquälen, bis er endlich eingeschlafen ist. Außer mit den Kellnern und den Zeitungsverkäufern wechselt er manchmal tagelang mit niemandem ein Wort. Es scheint ihm fast normal, wenn er, falls niemand in der Nähe ist, die über ihm kreisenden Möwen anspricht, als erwartete er, dass sie antworten. Anfangs stellt er sich deswegen keine Diagnose. Später schon. Er ist ja Doktor der Medizin. Wenn er nicht er selbst, sondern ein anderer wäre, würde er den Besuch eines Spezialisten, eines Psychiaters empfehlen. Jedenfalls wird morgen ein neuer Tag anbrechen. Einer, wie es der heutige war. Und der gestrige. Und der übermorgige sein wird. Es muss endlich etwas geschehen. Aber was?

Dann hört an einem Abend der langweilige Regen so plötzlich auf, als hätte jemand den Hahn abgedreht, die Sonne über dem dunklen, wellengepeitschten, grollend anrollenden Meer blitzt groß, rot, drohend auf, als hätte sie jemand angeknipst. Er könnte jetzt ein kleines Bistro am Ufer aufsuchen, hat jedoch keinen Appetit. Unsicher, was er tun soll, obwohl er frei ist, zu machen, was er will, was ihm einfällt, oder gerade deshalb so zaudernd, weil niemand ihn zwingt, irgendetwas zu entscheiden, stellt er fest, dass alle anderen Passanten irgendwohin eilen. Fröhlich oder besorgt, aber mit einem Ziel. Bürger Monte Carlos oder Fremde, Geschäftsleute oder Gäste dieser schönen Stadt. Von überallher. Noch immer von überall? Oder nur noch aus einigen Ländern, aus denen man trotz des Krieges in der Welt herumfahren kann, und vor allem Deutsche. Sind Juden unter ihnen? Andere Juden? Wie erkennt man Juden hier im Süden, wo die meisten Menschen dunkles Haar, oft auch leicht gebogene Nasen haben? Das Leben geht weiter. Was für ein blöder, seichter Gedanke, aber natürlich »geht es weiter«. Eine Phrase. Und doch die Wirklichkeit. Die Frage ist nur, für wen und wie es weitergeht.

Einander im Gehen liebkosende Liebespaare. Junge Männer aus Monaco werden zu keinem Heer eingezogen, müssen an keiner Front verbluten.

Nach Hause gehen … Nach Hause in ein Hotel. In die Suite, die sein Zuhause geworden ist. Weil er sein richtiges Zuhause, seine Heimat verloren hat. Wieso verloren? Seine Frau, sein jüngster Sohn, Arzt wie er, und die Schwiegertochter und Enkelkinder sind ja dort und warten auf ihn.

Moritz holt seinen Schlüssel, nickt nur kurz als Antwort auf die höfliche Frage des Portiers, wie es Monsieur le docteur gehe, und die Bemerkung, das Wetter werde, wie gesagt, doch auch wieder schön, eilt zum Aufzug, läuft, rennt durch den Flur, in der Suite schleudert er unachtsam wie sonst nie den Mantel weg, den Hut in eine Ecke, wirft sich, ohne die Schuhe ausgezogen zu haben, aufs Bett und erleidet einen Weinkrampf. Er kann sich nicht zurückhalten, heult, stöhnt, seine Brust schmerzt, er zittert, wischt mit dem Handrücken die Tränen ab und schwebt irgendwie über sich armem Greis, bedauert sich, sieht das ganze Zimmer, Vorhänge, Lampen, Bücher, fühlt eine unbestimmte Wollust des Schmerzes und diagnostiziert schließlich kühl einen hysterischen Anfall, eine dissoziative Störung. Ein Teil seines Ichs beobachtet sich aus fluider Entfernung, aus der Höhe, das ist kein Anzeichen von Schizophrenie … Noch nicht … Eine Art Spaltungs-Irresein jedoch, ein Keim der Zersetzung der eigenen Identität. Gut. Wenn er selbst so analysieren kann, ist es nicht hoffnungslos. Das Erfassen der Situation hilft ihm, dem alten Mann, den eben noch der Schmerz zu zerreißen drohte, das Leid, das sich im Laufe der Monate des sinnlosen Aufenthalts in dieser sinnlosen Stadt auf dieser sinnlosen Welt angesammelt hat, zu erkennen.

Wer anderer könnte ihn trösten als er selbst? Es ist gut, dass niemand dabei ist. Vor seiner eigenen Frau ist er der Mann, der Ehegatte, der Herr Doktor, der Hausherr, der die wesentlichen Entscheidungen trifft und das Unwichtige gnädigst ihr überlässt, kein Schwächling. Keineswegs. Männer weinen nicht. Wäre Ira in seinem Bett ein Trost? Undenkbar, in ihrer Anwesenheit zu heulen. Er versucht sich zu erinnern, wann er zum letzten Mal geweint hat. Ihm fällt keine Episode ein. Er ist kein weinerliches Kind gewesen. Hat ihn seine Mutter manchmal trösten müssen? Seit wann hat er nicht mehr an Mama gedacht? Wann hat er zum letzten Mal einen Kieselstein aus dem Park, in dem seine Enkelkinder spielen, zu ihrem Grabstein auf dem jüdischen Friedhof der Heimatstadt getragen?

Der Gedanke an seine Mutter tröstet ihn endgültig. Der Doktoranteil seiner Person ist von der Decke, von der aus er den schluchzenden Juden auf dem Bett beobachtet hat, wieder heruntergekommen und hat ihn ganz ergriffen, sich mit ihm in seinem Körper wieder vereint. So einfach ist das. Als wäre nichts gewesen. Hysterie ist nicht einmal die richtige Diagnose, stellt er fest, die meldet sich meist in Anwesenheit anderer Personen. Trieb des Unbewussten … Er niest mehrmals, und das ist die Befreiung. Dann zieht er sich ruhig ganz aus, legt die Schmutzwäsche in das Säckchen im Schrank, sammelt Mantel und Hut auf, bringt alles in der Suite in Ordnung und sagt sich, ins Badezimmer gehend, auf Ungarisch: »Ez jó volt!« – Das war gut.

Meist denkt er auf Ungarisch. Man denkt in Worten, als führte man tonlose Selbstgespräche. Auf Serbisch nach Patientengesprächen. Auf Deutsch, zum Beispiel, nach der Begegnung mit diesem Rohrbacher. In letzter Zeit denkt er sogar auf Französisch. Er versucht sich zu erinnern, in welcher Sprache er den Traum mit Ira geträumt hat, aber da ist überhaupt nichts. Gesprochen haben sie nicht miteinander. Ruhe! Ruhe bewahren. Duschen ist immer gut. Nur nicht auf den eigenen fahlen Körper hinunterblicken. Sich nicht vorstellen, wie er mit Ira … Mit Ira, so wie er von ihr geträumt hat … Der Körper ihres Tanzpartners. Aber der schöne Geiger, ihr Tanzpartner, ist ja schwul. Hat Ira gesagt. Und Rohrbacher? Er scheint gut gebaut unter seinen schlecht sitzenden Anzügen. Die deutschen Offiziere? Junge, starke Männer. Nein. An nichts denken, sich abreiben mit den dicken Badetüchern mit dem Monogramm des Hotels. Er blickt auf die goldene

Uhr. Viertel vor Mitternacht. Die Nachtbar unten hat sicher noch offen.

Vor dem Wandschrank bleibt er nachdenklich stehen, wählt einen dunkelblauen Anzug, bindet sich dazu eine bunte Fliege um den Hals, wie es nur noch seine Generation kann, wirft einen Blick in den Spiegel und ist mit sich zufrieden. Relativ zufrieden. Er hat sich aus der Depression am Zopf herausgezogen wie Münchhausen. Morgen wird er sich Goethes Balladen vornehmen und versuchen, Kreuzworträtsel auf Französisch zu lösen. Soweit die Therapie, die er sich verschreiben kann. Morgen wird er Entschlüsse fassen, aber jetzt will er etwas trinken. Er braucht keinen Mantel, er wird ja im Haus bleiben, und schreitet fast gut gelaunt durch den Flur, durch den er vor kurzer Zeit verzweifelt gerannt ist.

In der Hotelbar ist nicht mehr viel los. Die Musiker machen gerade Pause. An drei zusammengerückten Tischen sitzt eine Gruppe von Männern in schlecht geschnittenen dunklen Anzügen, die an ihrem kurzen, perfekten Haarschnitt als Deutsche zu erkennen wären, selbst wenn sie sich nicht so laut unterhalten würden. Offiziere in Zivil. Sonst ist nur noch ein Tisch mit zwei Paaren mittleren Alters besetzt. Feine Leute, denkt Moritz, ältere, wohlhabende Monegassen oder Hotelgäste wie er? Der Kellner erkennt den alten Doktor und führt ihn zuvorkommend zu einem Tisch in der Ecke, serviert sofort den bestellten doppelten Cognac.

Einer der Deutschen winkt den Musikern, der Stehgeiger eilt zu ihm und nickt gleich, ja, er kenne das gewünschte Lied, er kehrt zu seinen Leuten zurück, der Trompeter hebt sein Instrument, die Deutschen stehen auf und beginnen in Begleitung der kleinen Kapelle im Marschtakt zu singen: *Leb wohl, mein Schatz, lebe wohl, denn wir fahren, denn wir fahren, denn wir fahren gegen Engeland.* Die vier älteren Gäste stehen auf und gehen, nur einer der Herren bleibt in der Tür stehen und wartet auf den Kellner, um die Rechnung zu begleichen. Moritz nippt an seinem Glas: So ist das also jetzt hier!

Nachdem das Brüllen, das die Offiziere in Zivil für Gesang halten, verebbt, kommt einer zu Moritz, deutet eine kleine Verbeugung als Gruß an, und fragt unhöflich:

»Sie haben nicht das Weite gesucht, Opa?«

»Warum sollte ich?«

»Sprechen sie Deutsch?«

»Wie Sie sehen, ja.«

»Würden Sie mit uns ein Glas auf den Führer trinken?«

»Warum nicht?«

Der Offizier schreit:

»Unser Führer, Adolf Hitler, Sieg Heil!«

Moritz begreift, dass er aufzustehen hat, er tut es und hebt sein Glas, sagt jedoch nichts.

»Noch ein Gläschen für den Herrn auf unsere Rechnung!«, befiehlt der Deutsche dem Kellner.

Moritz trinkt auch den zweiten doppelten Cognac, dreht sich in Richtung der deutschen Tischgesellschaft, hebt den rechten Arm zum Gruß, wie sie es gerne haben. Sie grüßen lächelnd zurück. Die haben keine Ahnung, wie ironisch das aus meiner Sicht ist, wie ich sie verflucht habe, der Himmel ist riesengroß, aber nicht für sie, abstürzen sollen sie alle und ersaufen, den Fischen als Fraß dienen. Wenn sie wüssten, wer ich bin, hätten sie mich verprügelt. Totgeschlagen. Oder würden sie mir außerhalb des Hotels auflauern? Werden sie nachträglich erfahren, wer ich bin? Hauptsache ich weiß, was ich gefühlt, gedacht habe. Ach wie gut, dass niemand weiß, dass ich Rumpelstilzchen heiß. Man hat ja auch als jüdisches Kind Grimms Märchen gelesen.

Moritz gelingt es, als wäre er nur vom Alkohol benebelt, zum Aufzug, danach in seine Suite zu gelangen, unter die Bettdecke zu kriechen und zu überlegen, was wohl der Kellner gedacht hat, der sicher weiß, dass er Jude ist. Und die Musiker, die vielleicht über seine Freundschaft mit der russischen Tänzerin Bescheid wissen. Freundschaft? Ist das aus ihrer Sicht Freundschaft? Wer weiß was? Jedermann weiß alles, und wenn er nichts weiß, umso schlimmer, dann erfindet er etwas. Rumpelstilzchen ist ein Märchen, wir leben hier in der Wirklichkeit. Einer schrecklichen Wirklichkeit.

Darüber schläft Moritz Karpaty ein.

Nicht einmal um zehn wäre er aufgewacht, wenn das Telefon nicht geläutet hätte. Schlaftrunken richtet er sich im Bett auf und freut sich, es ist Ira.

»Wie geht es Ihnen, lieber Maurice? Wir hatten schon tagelang keinen Kontakt. Warum melden Sie sich nie?«

»Danke. Gut geht es mir. Ich will dich doch nicht stören. Hilfe hast du ja, dem Herrn sei Dank, nicht nötig.«

»Habe ich sehr wohl nötig. Die Gespräche mit Ihnen fehlen mir. Können Sie heute Abend zu mir ins Studio kommen? Eines meiner Mädchen kocht eine fabelhafte französische Zwiebelsuppe, ich backe Piroggis. Und es gibt Zitronentorte als Dessert.«

Er muss also nicht mit sich kämpfen, ob er die schöne russische Tänzerin anrufen soll, keinen Beschluss fassen. Heute nicht. Noch nicht. Den Abend abwarten. Er beeilt sich noch rechtzeitig zum Frühstücksbuffet, um bis zum Abend nichts mehr zu essen.

Die Sonne des Spätherbsts beleuchtet Monte Carlo, als spiegelte sie seine gute Laune.

Wer hat gestern Abend Angstkrämpfe gehabt, sich in hysterischer Verzweiflung im breiten Bett gewälzt? Danach halb besoffen den Arm zu einem deutschen Marschlied zum Hitlergruß gehoben? Und die deutsche Luftwaffe verflucht. Auch etwas … Besser als nichts … Besser? Oder nichts?

Der zweite Kriegswinter. Die Luftwaffe wirft ihre Bomben auf »Engeland«, die U-Boote versenken Schiffe, die die britische Insel versorgen wollen, aber Moritz verbringt nun die meisten Abende mit sehr jungen Mädchen, Monegassinnen, Französinnen, einer Russin, einer Manouche, und erzählt Wahres, Erfundenes und Ausgeliehenes. An jenem schrecklichen Abend ist ihm Rumpelstilzchen eingefallen. Das Männchen spinnt für die Müllerstochter Stroh zu Gold. Die Möchtegerntänzerinnen in Iras Studio erwarten nach ihrem harten Training unterhaltsame Geschichten und der alte Doktor entdeckt seine Gabe, die Aufmerksamkeit junger, hübscher Menschenkinder an sich zu binden, jawohl, aus dem Stroh der öden Worte goldene Laune zu spinnen. Man setzt ihn auf einen rot-goldenen Sessel im Stil von Louis XV., ein Geschenk des Fürstenhofs, die kleine Gesellschaft versammelt sich um ihn herum auf Stühlen, Hockern oder auf einem Teppich.

Er berichtet über Erlebnisse aus seiner Arztpraxis, über den Völkermord an den Armeniern frei nach Werfel und spinnt Fantasmagorien, wobei er sich auf die Geschichten des Barons von Münchhausen stützt. Die hat er auch als Kind gelesen und geliebt, die meisten hat er sich gemerkt. Warum hat er nie versucht, seinen Enkelkindern solche Geschichten zu erzählen? Hat er keine Zeit gehabt? Nie? Auch die Erzählungen der Scheherazade aus Tausendundeiner Nacht dienen ihm als Inspiration. Jetzt in Monte Carlo erzählt allerdings keine orientalische Schönheit dem alten Sultan, um ihr Leben zu retten, sondern ein alter jüdischer Doktor schönen Mädchen um … Um sein Leben zu retten? Oder nur, um ihnen und sich die Zeit zu vertreiben?

Am ersten Abend erzählt er, wie er mit einem mutigen Messerschnitt in den Hals einem Kind in der Nachbarschaft das Leben gerettet hat. Natürlich erwähnt er nicht, wie dieses Erlebnis ihm in einem Traum auf andere Weise erschienen ist, aber unwillkürlich sieht er Ira an. Sie erwidert den Blick, ihre großen Augen weiten sich, aber ahnen kann sie nichts … Natürlich nicht. Was hätte sie ahnen sollen? Als er mit dem Happy End, dem erwachsenen Burschen, dem der Schnitt kaum anzusehen war, fertig ist, ruft Ira, sicher hätten alle Hunger, es gebe Käsesuppe, Piroggi, Weißwein. Scheherezade hat von ihrem Sultan bestimmt keinen Wein kredenzt bekommen, Muslime trinken doch keinen Alkohol, aber auf Moritz wirkt die russische Tänzerin so, als wäre sie der Sultan.

Immerzu muss er sich etwas Neues einfallen lassen. Tagsüber überlegt er, was er am Abend vortragen soll. So vergeht die Zeit angenehm. Und die Mädchen servieren stets neue, leichte Gerichte.

Bald fragen sie ihn nach Abtreibungen. Hat er solche Eingriffe gemacht? Nein, nie, es war in Jugoslawien gesetzlich verboten. Das Risiko, dass eine junge Frau nach dieser Intervention nicht mehr schwanger werden kann, sei groß. Der Eingriff sei natürlich weitaus weniger gefährlich, als einem Kind, das am Ersticken ist, den Hals aufzuschneiden, freilich gehe es bei ungewollten Schwangerschaften nicht um Leben und Tod. Meist nicht, aber manchmal doch, sagt ein Mädchen. Ob er wisse, wie man das macht? Selbstverständlich, das hat er gelernt. Und ja, manchmal haben ihn Frauen gebeten, ihnen zu helfen. Er erwähnt einige Fälle. Die Tochter einer Marktfrau befolgte seinen Rat, ging zu Verwandten in ein etwas weiter entferntes Dorf, brachte einen gesunden Jungen zur Welt, der aufwuchs, sich als begabt erwies, Medizin studierte, selber Arzt wurde. Sie war ihm dankbar, dass er sie von einem unüberlegten Schritt abgehalten hatte. Ein ganz junges Mädchen, das kurz vor dem Abitur stand und das er abgewiesen hatte, vertraute sich einer der Frauen an, die Abtreibungen vornahmen, und starb an einer Blutvergiftung. Es gab einen Skandal, der Ruf der Familie des armen Mädchens war nachhaltig beschädigt, die Kurpfuscherin erhielt eine Gefängnisstrafe. Ob er sich wegen des Todes mitschuldig gefühlt habe? Nein, sagt Moritz entrüstet, wieso sollte er? Dann überlegt er, ob er nicht doch etwas zu bereuen hat. Hätte er sich stärker für sie einsetzen sollen? Ein dritter Fall, die Tochter eines wohlhabenden Rechtsanwalts. Die ging nach Belgrad, ein Gynäkologe beseitigte das unerwünschte Baby medizinisch einwandfrei. Das Mädchen wurde Gymnasiallehrerin, heiratete einen nicht nur vermögenden, sondern sogar gut aussehenden Fabrikanten, aber zu ihrem Leidwesen wurde sie nie mehr schwanger.

Wie kann man unerwünschte Schwangerschaften am besten verhüten, fragt eine der jungen Amateurtänzerinnen, die auffällt, weil sie die einzige Blondine ist.

»Das ist ganz einfach«, sagte Moritz lachend. »Äpfel essen!«

»Wirklich? Vor oder nach dem Geschlechtsakt?«

»Anstatt des Geschlechtsakts, mein Kind, anstatt des Geschlechtsakts!« Soll er hinzufügen, wie ihm ein Kellner erzählt hat, Äpfel essen sei auch eine gute Zahnpflege? Nein, das würde die Pointe verderben.

Gelächter. Solche harmlosen Scherze, die ihm spontan einfallen, haben Erfolg. Er freut sich. Er schläft nach diesen Abenden im Kreise schöner Mädchen meist gut, kann die Sorgen, die Wirklichkeit verdrängen, auch weil er schon an den nächsten Abend denkt und sich vorbereitet, als wäre es eine Prüfung.

Einmal kommt das Gespräch auf das Thema Hypnose. Moritz erzählt Fälle, die Professor Freud beschrieben hat. Nein, er selbst habe nie versucht, Hypnose anzuwenden, aber ja, das sei eine seriöse Methode, selbst sein Sohn, ein Hautarzt, arbeite mit Hypnotherapie. Und nein, er würde auf keinen Fall mit ihnen Versuche unternehmen, das nun doch nicht.

Tagelang pfeift ein kalter Wind durch die schöne Stadt. Meereswellen donnern verärgert auf die Wälle des Hafens, die Natur scheint schlecht gelaunt zu sein. Es ist viel zu ungemütlich, um spazieren zu gehen.

Münchhausen erweist sich als ausgezeichnete Quelle, man muss nur die Geschichten ein wenig abändern, anpassen, als hätte er, Moritz, sie erlebt. An einem Abend erzählt er, als junger Arzt habe er Patienten in umliegenden Dörfern reitend besucht. Automobile gab es bei ihnen im Banat noch nicht. Es sei Winter gewesen, ein viel härterer, als man sich hierzulande auch nur vorstellen könne, hohe Schneeverwehungen, Wölfe heulten irgendwo in der Nähe. Bei einer Patientin kam er erst am frühen Morgen an. Es war noch dunkel. Sehr dunkel. Und so band er das Ross an einen Pfahl. Die Untersuchung streckte sich hin, er wurde zu einem Gabelfrühstück eingeladen, so nannte man es, wenn am Morgen gebratenes Fleisch, Speck, Wurst, Eier und Langosch, der in Schmalz frisch gebackene Fladen, auf den Tisch kommen. Die Sonne ging auf, strahlte gewaltig. Als er sich endlich verabschiedete und aus dem Haus kam, war alles anders, als es in der Finsternis gewesen war, der Schnee war weggeschmolzen und sein Pferd wieherte verzweifelt. Aber das Wiehern kam irgendwie aus der Höhe. Er hob den Kopf. Es stellte sich heraus, da war eine kleine Kirche, die war in der Nacht bis zum Turm zugeweht worden, er hatte das Pferd nicht an einem Pfahl festgebunden, sondern an das Kreuz der Kirchturmspitze, die aus dem Schnee geragt hatte, und jetzt, da der

Schnee weggeschmolzen war, hing das arme Tier verzweifelt dort oben.

»Ich nahm meine Pistole, ich hatte ja immer eine Pistole dabei, schon wegen der Wölfe, schoss den Riemen durch, das Pferd fiel geschickt auf seine vier Füße, ich stieg auf und ritt zum nächsten Patienten …«

Eine kurze Pause tritt ein.

»Haben Sie auch jetzt eine Pistole bei sich?«, fragt ein Mädchen zögernd.

»Nein, natürlich nicht. Seit meinem Militärdienst, und das war vor mehr als einem halben Jahrhundert, habe ich keine Waffe mehr in der Hand gehabt …«

Ira sagt sofort: »Da stimmt etwas nicht, Maurice! Soeben haben sie erzählt, dass sie als junger Arzt das Pferd vom Kirchturm geschossen haben. Und überhaupt …«

»Natürlich ist das alles erfunden!«, lacht Moritz. »Nun, nicht frei erfunden, sondern einer Geschichte des Barons Münchhausen nacherzählt. Von dem habt ihr vielleicht gehört, das ist der, der sich selbst mitsamt seinem Pferd, mit dem er in einen Sumpf geraten war und zu ersticken drohte, an seinem eigenen Zopf herausgezogen hat.«

»Wenn Sie in so einen Sumpf fallen, Maurice, biete ich mein Haar zum Herausziehen an«, sagt Ira schelmisch.

Am nächsten Abend erzählt Moritz, es sei ihm gelungen, heimlich auf die Flügel eines deutschen Bombenflugzeugs zu klettern, er sei darauf bis nach London geritten, um die Lage aufzuklären, sei dann auf einen englischen Flieger hinübergewechselt, der in Richtung Deutschland flog, um seine Bomben auf dortige Städte abzuwerfen, über Frankreich in der Nähe zur Grenze mit Monaco sei er mit dem Fallschirm abgesprungen und zu ihnen gekommen, um ihnen von seiner Heldentat zu berichten. Als sich das Lachen der Mädchenschar gelegt hat, erläutert er, Baron Münchhausen sei so auf einer Kanonenkugel über Feindesland geflogen, um die Fronten zu besichtigen, und dann auf eine in die Gegenrichtung fliegende umgestiegen. Dann berichtet er, er habe auf einen Hirsch nicht mit Gewehrkugeln, sondern mit Kirschkernen geschossen, und dem Tier sei anstatt des Geweihs ein Kirschbaum auf dem Kopf gewachsen. Ein andermal erzählt er, wie er zwei Wildenten mit Speck angelockt habe, die an starken Fäden angebunden gewesen seien, als sie den Köder verschluckt hatten und losflogen, habe er sich an den Bindfäden festgehalten und sei so lustig durch die Luft geflogen.

Solche Abende in Iras Studio retten Moritz über die Langeweile und Angst seines zweiten Winters in Monte Carlo und so erwartet er den Frühling des Jahres 1941. Die neue Jahreszeit meldet sich fröhlich und bunt an, ihre ersten Boten sind die Mandelbäume, die mit ihren Blüten alle Berghänge und Grünanlagen der Stadt beleuchten.

Monte Carlo, den 26. März 1941

Liebe Rosa,

Soeben habe ich Deinem Bruder David geschrieben, der mit seiner Familie noch immer zu Hause ist, weswegen ich sehr besorgt bin, ich weiß nicht, ob er den Brief überhaupt erhalten wird. Ich hoffe, dass zumindest dieses Schreiben sicher bei Dir ankommt, es soll noch einen Postverkehr nach Übersee geben, obwohl die deutschen U-Boote Schiffe versenken, aber der Hotelportier hier behauptet, auf den Briefwechsel sei Verlass, selbst wenn man Adressen im Feindesland angibt. Deine Vereinigten Staaten von Amerika halten sich weise aus diesem sinnlosen Ge-

metzel in Europa heraus, die werden doch nicht verrückt sein, ihre Jungs zu opfern wie im vergangenem Weltkrieg. Mich tröstet, dass Ihr in Chicago sicher seid. Hoffentlich gilt das auch für Leo in Afrika. Falls Du mit ihm in Verbindung stehst, schreibe mir doch bitte, was mit ihm los ist, mir hat er nicht geantwortet, ich weiß nicht, ob er meinen Brief überhaupt erhalten hat.

Wie ich Dir ja schon geschrieben habe, bin ich hierher nach Monte Carlo gekommen, weil mich mein Freund Viktor überredet hat. Du hast ihn doch gemocht, nicht wahr? Es ist der erste Urlaub überhaupt in meinem Leben, deshalb bereue ich es nicht, nicht zu sehr, aber möglicherweise habe ich einen großen Fehler begangen, als ich nicht mit ihm zurück nach Hause gefahren bin. Ich habe Roulette spielend so schrecklich viel Geld gewonnen, dass ich dummerweise geglaubt habe, es sei ein Zeichen des Schicksals, ich müsse es hier ausgeben, so hat mich der Anfang des Krieges erwischt, der zuerst von Frankreich aus gesehen so unseriös und leicht komisch aussah, dass ich meinte, es sei gar nicht schrecklich. Danach hat Hitler trotzdem das Land und halb Europa oder mehr erobert, man hat die Juden aus dem öffentlichen Dienst geschmissen, zumindest erschwert, dass sie bestimmte Berufe ausüben, wie übrigens leider auch bei uns in Jugoslawien.

Monaco bleibt neutral und unabhängig. Ein seltsames Land, Monte Carlo ist eine wunderliche Stadt. Ein Paradies für reiche Leute, arme scheint es gar nicht zu geben. Ich bin in Sicherheit, solange ich Geld habe, aber das wird natürlich auch nicht ewig dauern. Aussichten, als Mediziner tätig zu sein, habe ich hier nicht.

Sicher hast Du, noch bevor dieser Brief bei Dir ankommen kann, erfahren, dass Jugoslawien dem Dreimächtepakt beigetreten ist. Das war wahrscheinlich unvermeidlich und klug, beru-

higt mich ein klein wenig, weil jetzt hoffentlich Deine Mutter und David und die Seinen nicht weiter belästigt werden und ich hoffen darf, dass ich bald über Italien nach Hause fahren kann, weil wir jetzt ihre Verbündeten sind. Wir? Wer sind wir? Mit denen? Wie soll ich es anders nennen? Wenn es nicht so gekommen wäre, ich weiß nicht … Die schrecklichen Nachrichten, die über das Schicksal der Juden in Polen, ja sogar im Deutschen Reich verbreitet werden, werden hier von mehreren Seiten bestätigt. Es scheint noch grauenvoller zu sein, als ich bisher gedacht habe. Eigentlich ist es unvorstellbar, was Menschen anderen Menschen antun. Was Jugoslawien angeht, kann man wohl als kleines Land nichts gegen eine so riesige Macht tun. Für uns alle hoffe ich das Beste.

Ich weiß nicht, was für ein Vater ich bisher gewesen bin, was für ein Großvater für jene meiner Enkelkinder, die mich überhaupt kennen. Ich war stets bemüht, meine Pflichten zu erfüllen, aber heute weiß ich, dass das allein nicht genug ist. Nicht genug sein kann. Niemand kann sich selbst richtig beurteilen, was ich war und bin, müsst Ihr sagen, Du, meine geliebte Tochter, und meine Söhne. Ich kann nur hoffen, dass das alles bald vorüber sein wird, dass dieser unglückselige Krieg aufhört, und dass Du und die Deinen, Leo mit seiner Familie, Ihr alle noch einmal die alte Heimat besucht, dass wir einmal noch alle zusammenkommen. Irgendwo. Manchmal tut es mir richtig leid, dass es mir nie gelungen ist, ein gläubiger Mensch zu sein, sodass ich nicht beten kann, dass dieser Wunsch in Erfüllung geht.

Ihr drei, meine Kinder, seid selbständige Menschen, habt Eure Karrieren, Eure Weltanschauung, die sich in vielem von der meinen unterscheidet, auch zwischen euch bestehen große Unterschiede, aber das ist gut so. Eure Kinder, meine Enkelkinder, werden mit Eurer Hilfe auf verschiedenen Meridianen die-

ser Welt groß werden, ich meinerseits habe in dieser Beziehung wohl meine Pflicht getan. Habe ich das? Hätte ich das so nicht sagen sollen? Streichen werde ich diese Sätze nicht, so war ich, so bin ich immer noch. Ich hätte schreiben sollen, wie sehr ich Euch liebe, aber das geht mir nicht von der Hand, hoffentlich fühlt Ihr, was ich mit Worten nicht auszudrücken vermag.

Aufrichtig liebt und küsst Dich und weiß nicht, was er noch sagen soll

Dein Vater.

Die letzten Worte hat er schwungvoll, in größeren Buchstaben als sonst, geschrieben, leserlich wie ein Schulkind, nicht wie ein jahrzehntelang praktizierender Arzt. Vielleicht will er auf diese Weise seine Hoffnung bestätigen.

Moritz trägt gut gelaunt seinen Brief durch die bunte, lebhafte Stadt zur Post. Frühling in Monte Carlo. Sein Gang ist etwas schleppend, aber daran hat er sich gewöhnt. Es gibt jetzt bessere Tage, schlechtere, manchmal sehr schlechte. Und er schluckt viel Aspirin, für stärkere Schmerzmittel würde er Rezepte brauchen. Die Mandelbäume stehen in voller Blüte. Vor den Bistros und Zuckerbäckereien stehen bunte Tische und Stühle, Sonnenschirme in allen Farben, überall Blumen. Laubbäume mit frischgrünen Blättern melden, dass sie wieder aus dem Winterschlaf aufgewacht sind, um sich zu den Palmen zu gesellen. Die Düfte aus den Bäckereien vermischen sich mit der salzigen Luft, die ein freundlicher Wind herbeiwedelt. Alles ist gut. Wird gut sein. Muss gut werden.

Jeden zweiten Abend muss ihm etwas einfallen, das er den schönen Mädchen erzählen kann. Da ist der Buchladen. Was für Kinderbücher haben Sie, bitte? Er kauft eine schöne alte Ausgabe von Hauffs Märchen. Der war doch Antisemit, der hat »Jud Süß« geschrieben. Umso besser. Wieso, was ist dann an ihm besser? Passt er dadurch besser zu uns heute als in seine Zeit? Moritz wird seine Geschichten schon irgendwie der heutigen Zeit anpassen. Grimms Märchen, Andersen, Oscar Wilde, sogar Collodis »Pinocchio« erwirbt er. Mit einem großem Paket Bücher geht er weiter in Richtung seines Hotels. Von seinem Zimmer aus blickt er über die Hafenstraße auf Jachten, auf das endlose Azurblau. Jede Menge eigener Geschichten werden ihm einfallen, wenn er diese Märchen liest. Was sind schon Märchen? Erzählungen über wundersame Begebenheiten.

Bald wird er wieder zu Hause sein. Das muss angepackt werden. Jetzt aber wirklich! Dann kann er den Enkelkindern dieselben Geschichten erzählen. David wird sich wundern über seine neue Gabe als Märchenonkel. Und seine Schwiegertochter wird auch zuhören, wenn sie gerade keine Migräne hat. Und nicht gerade wieder Neues über die Seitensprünge ihres Mannes gehört hat. Die Zeiten haben ihn hoffentlich doch seriöser werden lassen.

Die Deutschen siegen, aber danach werden sie sich friedlicher geben, das Schlimmste wird vorbei sein. Jugoslawien steht auf der Seite der Sieger. Früher oder später wird er mit den Seinen nach Amerika auswandern. Man wird froh sein, die Juden loszuwerden. Ärzte wie David werden überall gebraucht. Es heißt jetzt, Englisch zu lernen.

Moritz kann nicht wissen, dass es der letzte ruhige, fröhliche Tag in seinem Leben gewesen sein wird.

Am nächsten Tag, am 27. März 1941, stürzt ein Militärputsch die Regierung in Belgrad, die den Dreimächtepakt unterzeichnet hatte. Churchill erklärt, Jugoslawien habe seine Seele wiedergefunden. Moritz' jüngster Sohn, Sanitätsoberstleutnant der Reserve, Facharzt für Haut- und Geschlechtskrankheiten, marschiert mit Tausenden anderen, mit serbischen Nationalisten und Kommunisten, durch die Hauptstraße seiner Geburtsstadt. Man brüllt »Lieber Krieg als dieser Pakt!« und »Lieber tot als Sklave sein!« Wer hätte je geglaubt, dass David, dass Doktor David Karpaty als Teil der Masse, einer solchen Horde, begeistert jauchzen und schreien würde. Am nächsten Tag packt er die graue Holzkiste, in der Reserveoffiziere ihre privaten Sachen mitnehmen können, und rückt ein.

Bestürzt, in ohnmächtiger Verzweiflung liest der alte Doktor am 28. März in Monte Carlo die deutschen Zeitungen. Auf den Titelseiten Fotos von Belgrad. »Militärputsch befördert Knaben zum König«, in einem anderen Blatt: »In Jugoslawien wird in den Häusern unserer Volksgenossen Feuer gelegt« oder »Einheiten der Tschetniks werden in Orten mit deutscher Bevölkerung verlegt«. Was für Tschetniks? Moritz hat keine Ahnung, dass schon 1925 eine Vereinigung mit dem Namen »Serbische Tschetniks – für König und Vaterland« gegründet worden ist, dass im Frühjahr die jugoslawische Regierung ein Kommando der Tschetniks mit sechs Bataillonen aufgestellt hat. Diese Sondereinheit ist der Waffen-SS nachempfunden. Tief erschrocken und ratlos überlegt er, was er machen soll, wen er fragen könnte, was das für ihn bedeutet. Vertrauen hat er zu niemandem. Nie gehabt. Schließlich will er Herrn Rohrbacher aufsuchen, aber der ist entweder tatsächlich nicht in Monte Carlo oder er lässt sich verleugnen.

Unruhe, Angst. In den Zeitungen folgen immer schrecklichere Berichte. Am 6. April hält Goebbels eine Rede: »Seit heute Morgen befindet sich das Deutsche Reich im Kampf gegen die Usurpatoren in Belgrad.« Man hat es in Berlin nicht für notwendig gehalten, Jugoslawien offiziell den Krieg zu erklären. Bombenhagel gehen über Belgrad nieder, Fotografien der Ruinen der jugoslawischen Hauptstadt werden veröffentlicht. In den Zeitungen ist von einem Strafgericht die Rede, das bei der Bevölkerung in Deutschland Freude ausgelöst habe. Und was ist in seiner Heimatstadt, mit seiner Familie?

»Monsieur le docteur, Telefon, bitte, Kabine eins!« Man ist hier noch höflich zu ihm. Sein Zittern so gut verbergend, wie er kann, eilt er hin.

»Was geschieht dort bei euch, Maurice?«, fragt Ira besorgt.

»Es ist schrecklich!«, mehr bringt er nicht hervor.

»Kommen Sie doch bitte gleich zu mir ins Studio. Jetzt wird man Ihr Land verschlucken wie Dänemark, Norwegen, Frankreich, oder? Belgrad liegt an der Donau wie Narvik am Meer, nicht wahr?«

Narvik, wie kommt sie auf Narvik? Weil es bombardiert worden ist?

»Ich komme ... Aber nicht sofort. Jetzt kann ich nicht sprechen.«

Sie hat recht. Das weiß er auch, aber ... Nichts weiß er. Was wird jetzt geschehen? Bisher hat er keinen Entschluss fassen können, was er tun soll, jetzt gelingt es ihm erst recht nicht. Jetzt noch versuchen, über die Pyrenäen zu gelangen? Ist es dafür zu spät? Oder doch einen Versuch wert? Sterben kann man überall.

Belgrad liegt in Schutt und Asche. Jugoslawien hat kapituliert. Der Führer hat einen weiteren Blitzkrieg gewonnen. Moritz irrt durch die Salons des Hotel Hermitage, durch die Straßen von Monte Carlo, durch die frühlingsgeschmückten Gärten, am Kai am azurblauen Mehr entlang. Vögel singen, Schmetterlinge flattern hungrig von Blüte zu Blüte, aufgeregte Möwen kreischen und huschen über das Meer. Narvik und Belgrad, was ist schon der Unterschied?

Ein höflicher Ruf von der Rezeption:

Monsieur le docteur, s' il vous plaît!

Zwei Briefe. Ein schmaler aus Novi Sad und ein ziemlich dicker mit ungarischer Briefmarke frankiert, der Stempel ist aus Budapest. Ruhig bleiben. Eine Nachricht von den Seinen?

Merci, mon ami.

Er nimmt in dem Sessel ganz hinten Platz, den er auch sonst bevorzugt. Der Arzt ärgert sich, weil seine Hände zittern.

Erst den einfachen … Der Absender ist ein bekannter Rechtsanwalt. Ungeduldig aufreißen, ordentliche Schreibmaschinenschrift auf Ungarisch:

Sehr geehrter Herr Doktor Karpaty,

Ein guter Bekannter hat freundlicherweise diesen Brief nach Novi Sad mitgenommen, um ihn dort auf die Post zu bringen. Novi Sad ist im Unterschied zu unserem Banat von den Ungarn besetzt, ich hoffe, von dort aus ist es sicherer zu schreiben und wahrscheinlich liest niemand mit.

Ich habe Ihnen nichts Gutes zu berichten, aber wir Rechtsanwälte sind genau wie Sie, die Ärzte, gewöhnt, es als unsere Pflicht anzusehen, auszusprechen, was nicht zu umgehen ist.

Ihre Frau Gemahlin, Ihre Schwiegertochter und Ihre Enkelkinder sind in der Honvéd-Kaserne hier in der Stadt interniert. Ich konnte durch den Zaun mit Frau Viola und der jungen Frau Doktor Karpaty sprechen. Von ihnen habe ich Ihre Adresse in Monte Carlo erfahren. Es geht ihnen leidlich. Sie hören, dass sie nach Belgrad verlegt werden sollen. Alle meine Versuche, ihre Freilassung zu bewirken, ihnen wenigstens Pakete zukommen lassen, sind bisher gescheitert.

Unser Bruder und guter Freund, Direktor Viktor Elek, ist von der Besatzungsmacht ermordet worden.

Kommen Sie keinesfalls nach Hause, Herr Doktor, Sie würden niemandem helfen und sich in Lebensgefahr bringen.

Eine relativ gute Nachricht kann ich Ihnen auch mitteilen. Ihr Sohn, Herr Doktor David Karpaty, befindet sich in Kriegsgefangenschaft. Wie ich aus vertrauenswürdigen Kreisen erfahre, halten sich die deutschen Behörden an die Vorschriften des Genfer Abkommens vom 27. Juli 1924. Demzufolge hat Ihr Sohn nichts zu befürchten, er wird so behandelt werden, wie Berlin erwartet, dass deutsche kriegsgefangene Offiziere von den alliierten Kräften behandelt werden.

Sobald ich etwas Neues über Ihre werte Familie erfahre, werde ich es Ihnen selbstverständlich sofort melden. Bitte, schreiben Sie mir nicht, ich möchte nicht, dass man hier erfährt, dass ich mit Ihnen Verbindung aufgenommen habe.

Möge uns das Licht vor dem Allerschlimmstem bewahren.

Ich zeichne mit besonderer Hochachtung,

Dr. Tibor Várady

Novi Sad von den Ungarn besetzt? Vielleicht unter dem Befehl von Klaras Söhnen. Falls sie Söhne hat, die Offiziere geworden sind …

Mit etwas mehr Hoffnung öffnet Moritz den dicken Umschlag. Nein, auch nicht von den Seinen. Oben ein Blatt Papier. Druckbuchstaben auf Deutsch:

DU JUD, DU! NUR DAMIT DU SIEHST, WAS LOS IST! SEI BEREIT, DEINE ADRESSE KENNEN WIR. BALD HOLEN WIR DICH AUS DEINEM LOCH!

Ein gefaltetes Plakat.

Aufgrund des Urteils des Kriegsgerichts sind am 24. April 1941 der Jude Viktor Elek durch den Strang hingerichtet und der Serbe Sava Cukić erschossen worden.

Zwei Fotos, auf dem ersten steht Viktor mit gefesselten Händen auf einem Lastwagen, auf dem anderen hängt er am Galgen. Moritz versucht, etwas aus dem Gesicht des Freundes herauszulesen. Des ermordeten besten Freundes. Die Gesichtszüge scheinen nicht angespannt, sondern gefasst, bereit. Stets hatte er behauptet, sein Name – nomen est omen – bestimme ihn zum Sieger, das war jedoch gewiss nicht der Tod eines Siegers. Den Spruch mors certa, hora incerta wird der Freund nicht gekannt haben, aber für ihn galt er, diese Stunde des Todes kam incerta – unerwartet. Er muss aber nicht für jeden gelten. Man kann doch selbst die hora certa bestimmen, den richtigen Zeitpunkt. Vielleicht. Vielleicht auch nicht.

Moritz bleibt sitzen. Dem freundlichen Kellner, der seine kleine Verbeugung macht, winkt er ab. Nein! Nichts! Er hat

Angst davor zu hören, wie seine Stimme jetzt klingen würde. Er verharrt minutenlang regungslos. Blickt auf die Hotelhalle. Fröhliche Geschäftigkeit wie immer vor der Mittagszeit. Kaffeeduft, Parfum, die Damen schon in leichten Mänteln, bunte Seidenschals. Geflüster, Sprachfetzen Französisch, Deutsch. Das ist kein Albtraum. In so vielen Details kann man nicht träumen. Dabei wäre es so gut, wenn er diesen Brief nur im Traum gelesen hätte und er jetzt verschwitzt vor Todesangst und Entsetzen ins Badezimmer rennen könnte. Aufwachen. Oder endgültig traumlos einschlafen.

Moritz bleibt so lange reglos sitzen, dass sich der Kellner noch einmal heranwagt, um zu fragen ob es dem Herrn gut gehe, ob er nicht … Und Moritz fasst sich und bittet mit ruhiger, fast normaler Stimme um etwas Wasser, eine Flasche Evian.

Ein Spaziergang am Meeresufer, die See ist unverändert blau, die Wolken weiß, es wird warm, wärmer, richtig angenehm. Er geht heute leichter als sonst, insofern ist es ein guter Tag. Unterwegs Zeitungen kaufen. Schlimmeres als im Brief aus Budapest kann nicht in ihnen stehen. Im Parkpavillon Blechmusik, Strauss, Lehár, die Melodie kennt er doch, »… da geh ich ins Maxim«. Auf der Bühne tanzt man an dieser Stelle. Ira und ihre Freundinnen könnten dazu tanzen. Wenn es das dort oben gäbe, könnten die Engel Walzer tanzen. Oder Cancan. Hier unten ginge es zu Offenbachs Klängen nicht mehr, weil der ja Jude war.

Im Strandbad liegen schon Frauen auf Liegestühlen in der Sonne, obwohl es noch nicht so warm ist, sie wollen augenscheinlich keine Minute verpassen, haben keine Geduld, auf den Sommer zu warten. Also dann in ein Bistro, als wäre nichts gewesen. Was ist gewesen? Was ist? Istzeit, Jetztzeit. Die Zeit. Die Zeit vergeht.

Eine Bouillabaisse. Die sollte man nicht einfach Fischsuppe nennen, weil sie Hexerei ist. Für sie braucht man mindestens sechs verschiedene Fischsorten, zum Beispiel einen braunen Drachenkopf, Petersfisch, Seeteufel, Meeraal, Knurrhahn, Rotbarbe, Meeresfrüchte wie Langusten, Garnelen, Miesmuscheln und Gewürze in den richtigen Mengen, Zwiebel, Pfeffer, Thymian, Safran, Orangenschalen. Ablöschen mit Wermut. Dazu einen trockenen Weißwein und frisches Weißbrot. Hat er mit Viktor hier am ersten Tag Bouillabaisse gegessen? Natürlich. Viktor hat darauf bestanden, eine hiesige Spezialität. Man bekommt sie auch anderswo, aber sie schmeckt nur hier richtig. Lokale Spezialitäten sind unübertreffbar. Nicht nur hier. Auch die Fischsuppe in Szeged in Ungarn hat einen einzigartigen Geschmack. Dort oben wird keine Bouillabaisse serviert. Szegediner Fischsuppe auch nicht. Umso weniger, als es dieses Oben nicht gibt.

Viktor ist tot. Nicht der erste Freund des alten Doktors, der gestorben ist. Ärzte kennen die Unvermeidlichkeit des Todes. Viktor war ein gesunder, alter Mensch in überraschend guter Verfassung. Er trainierte täglich auf den Geräten, die er sich angeschafft hatte. Wer weiß besser, wie gesund er war, als Moritz. Und wie hat der verwöhnte Millionär, der steinreiche Generaldirektor und Hausherr, Erniedrigungen, Folter, den Tod erlitten? Am Ende den Tod als Erlösung?

Aber der anonyme Brief mit den Fotos! BALD HOLEN WIR DICH AUS DEINEM LOCH. Das Hermitage ist kein Loch. Klar, man weiß, wo er sich aufhält. Wer hat den Brief geschrieben? Rohrbacher? Das wäre nicht seine Art, wenn überhaupt, würde er offen drohen. Oder ihn einfach verhaften lassen. Eine der kleinen Tänzerinnen, die ihre Judenfeindlichkeit verborgen hat? Nein, sicher nicht, woher hätte so jemand die Fotos von Viktors Hinrichtung bekommen. Dieser Brief, diese Drohung kam über Budapest, sicher direkt aus seiner Heimatstadt, wo seine Frau, sein Sohn, seine Schwiegertochter, seine Enkelkinder leben, interniert sind, aber wahrscheinlich das Plakat auf den Straßen vor ihrer Verhaftung gesehen haben. Moritz winkt den Kellner herbei und gibt ein sehr großes Trinkgeld.

Zurück in den Park. Zur Musik. Erst jetzt schlägt er die Zeitungen auf und stellt fest, es ist der erste Mai. Also haben die Briefe einige Tage gebraucht, um aus Novi Sad und Budapest anzukommen. »Tag des nationalen Krieges« heißt es in den deutschen Zeitungen, »Tag der nationalen Arbeit« in den französischen, und in den monegassischen Zeitungen ist von der »Fête du Travail et de la Concorde sociale« die Rede. Viele Spaziergänger tragen Blumensträuße. Er würde Ira Blumen schicken, jetzt arbeitet sie ja längst nicht mehr in einem Blumenladen, jetzt hat es Sinn. Das Leben geht weiter. Für viele. Für andere nicht.

Der Teil der Familie in der Heimatstadt weiß sicher von Viktors schrecklichem Tod, aber Leo in Afrika und Rosa in Chicago sicher nicht. Noch nicht. Früher oder später werden sie es erfahren. David ist Arzt. Ärzte werden gebraucht. Im Krieg ganz besonders. Auch in einem Kriegsgefangenenlager. Er muss sich zurechtfinden. Das wird er. Das muss er. Jüdische Zuckerfabrikdirektoren werden nicht gebraucht.

Erst am frühen Abend ist er wieder im Hotel. Wieder ein höflicher Ruf von der Rezeption her, wieder ein Brief, erschrocken nimmt er ihn entgegen, aber sofort atmet er auf, den Duft des Parfums kennt er. Im altgewohnten Sessel sitzend schlitzt er ihn auf.

»Lieber Maurice, wo stecken Sie? Warum sind Sie nicht zu

mir gekommen? Ich wollte es Ihnen persönlich sagen, aber jetzt schreibe ich es auf: Kommen Sie unbedingt zu mir. Das haben Sie mir versprochen. Bitte sofort. Später lassen wir abholen, was Sie brauchen. Es werden neue Verordnungen vorbereitet. Kommen Sie noch heute. In Liebe, Ira.«

In Liebe. Das sagt man so. Nein. Er wird nicht zu ihr gehen, um zu erklären, dass für ihn die Vernichtung von Narvik und von Belgrad nicht dasselbe sein können. Das würde sie nicht verstehen. Warum sollte sie es verstehen? Keiner versteht, was los ist. Warum müssen Juden umgebracht werden? Nein. Heute Abend geht er nicht zu Ira. Morgen? Erst einmal nachdenken. Beschlüsse fassen. Entscheiden. Aber heute nicht mehr. Morgen, morgen, nur nicht heute … Kindersprüche. Er ist paralysiert. Wenn man ihn im Hotel gefunden hat, kann man ihn auch im Ballettstudio finden. Das würde den Mädchen schaden. Ira schaden. Gut, dass sie in sein Leben getreten ist. Getreten war. Ans Ende seines Lebens. Ein Traum von einer Begegnung. Ist es Liebe gewesen? Seinerseits ja. Kann man so sagen. Und auch der Traum. Schrecklich. Und doch schön. Schrecklich schön.

Moritz bestellt sich eine Flasche Cognac aufs Zimmer. Eine halbe Flasche Cognac ist mindestens so viel wert wie zwei Pillen Valium und ohne Rezept zu haben. Am nächsten Morgen, dem 2. Mai, weiß er nicht sofort, wo er sich befindet, die Nacht hat er tief und ruhig durchgeschlafen. War es der Alkohol? Dann sollte er künftig mehr trinken. Oder war es die unbewusst gefasste Entscheidung, mit der jede Unsicherheit überwunden wird?

Vom Balkon ein Blick auf die Uferstraße, die von Minute zu Minute belebter wird, die blühenden Mandelbäume in zarten Farben, der weiße Streifen der Gischt, Meeresschaum erinnert an Rasierschaum, aber da ist auch die endlos lange Trennlinie des helleren Blau in der Nähe der Küste vom immer dunkleren Blau in Richtung des Horizonts und die zweite vom Taubenblau des Himmels golddurchwirkt von morgendlichen Sonnenstrahlen. Sehr schön. Schrecklich schön. Schrecklich.

Frühstück wie immer, Kaffee, Milch, Briochekipferl, Butter, Eier, Schinken, Erdbeerjam.

»Ein schöner Tag, Monsieur le docteur! Wie geht es Ihnen heute?«

»Danke, sehr gut, cher ami. Ja, anscheinend kündigt sich endlich der Sommer an.«

Noch einmal hinauf in die Suite. Im Wandschrank ist alles in Ordnung. Auch der schwarze altmodische Badeanzug, wie ihn ältere Herren benützen, ist da und wird mitgenommen. Ein Blick auf den Schreibtisch. Nein, er wird nichts mehr aufschreiben. Aus dem Spiegel schaut ein adrett, schon sommerlich gekleideter alter Herr auf ihn zurück. Das bin ich. Das war ich. Moritz winkt seinem Spiegelbild zu und schneidet eine Grimasse.

Ein leichter Wind, kaum zu spüren, er fächelt Blumenduft aus den Grünanlagen, vermischt ihn mit dem salzigen Hauch des Meeres. Frühling an der Côte d'Azur. Es ist gut, das erlebt zu haben.

Moritz ist nicht der erste am Strand. Zwei ältere Damen sonnen sich schon auf bunten Liegestühlen. Alte Menschen sind Frühaufsteher, die Jugend schläft noch, wenn sie nicht zur Arbeit muss. Moritz bezahlt für seine Kabine, zieht sich um, breitet sein Handtuch aus, geht dann langsam dem glasklaren Meer entgegen. Warmer Sand unter den Füßen. Kein Schaum, silbrig das Meer, anstatt der Wellen nur leichtes Plätschern. Im fernen Blau weiße Segel. Kein einziges Mal hat er ein Segelboot gemietet. Warum nicht?

Der Strandwächter bemerkt, dass der alte Herr anscheinend baden möchte und warnt:

»Lassen Sie sich, bitte, nicht vom Sonnenschein beirren, Monsieur, das Wasser ist noch sehr kalt, wir haben achtzehn Grad gemessen.«

»Oh, danke. Ich will mich nur etwas erfrischen.«

Das sind die letzten Worte, die Doktor Moritz Karpaty in seinem Leben ausgesprochen hat. Keine Abschiedsworte, nur eine nebensächliche Bemerkung, so wie sein Schicksal in diesem Krieg nebensächlich war. Er will sich nur etwas erfrischen …

Meine Kinder, denkt er. Meine Enkelkinder. Die mich geliebt haben, haben sich daran gewöhnt, dass ich nicht da bin. Nicht mehr da bin. Wo ist dieses Da? Viola nicht vergessen. Wie könnte ich? Ich kann ihnen nicht helfen. Ich kann ihnen nicht schaden. Und die, die ich gar nicht kennengelernt habe in Amerika und in Afrika? Was von mir lebt in ihnen, in den weißen Kindern in Chicago, in den schwarzen Kindern im Dschungel? Werden sie einmal fragen, wer ihr Urgroßvater gewesen ist?

Er blickt den Strand entlang, die Frauen auf den Liegestühlen bieten der Sonne ihre Gesichter an, wollen sich vergolden lassen. Adieu Pinien, Kiefern, Zedern, Ölbäume, Korkeichen, Palmen … Lorbeergewächse, Hibiskus, Lavendel, Thymian,

Oleander. Adieu Orangen. Und Kukuruz zu Hause im Banat … Die Maulbeerbäume und Akazien längs der staubigen Straßen, die Kastanien blühen genauso prächtig wie die Mandelbäume, Linden duften, Weiden beugen sich über das Gewässer, Klatschmohn zwischen reifem Weizen auf endlosen Feldern. Das war doch auch wunderbar. Die Welt ist schön, nicht schön ist vieles, was auf ihr geschieht.

Adieu Ira, ja, natürlich.

Ruhig schwimmt er der Meeresweite entgegen. Das Wasser ist wirklich kalt. Hätte er doch noch etwas aufschreiben sollen? Außer einigen pathetischen Worten wäre ihm nichts eingefallen. Und für wen wären die gewesen? Für die Hoteldirektion? Die monegassische Polizei? Die Gestapo? Die Papiere mit seinen Gedanken über dies und jenes, über die Liebe, Klara, Ira auf Ungarisch? Die hat er vergessen. Er hätte sie vernichten sollen, verbrennen oder in winzige Stücke zerreißen. Das ist jetzt auch egal. Vielleicht werden sie alles übersetzen lassen. Und sich wundern. Oder lachen. Ihn nachträglich auslachen. Na und?

Vom Ufer her wehen Musikfetzen. Er erkennt keine der Melodien.

Es ist nicht mehr so kalt.

Noch immer könnte er seine Meinung ändern, ruhig ans Ufer zurückschwimmen. Nein. Nichts als mit gleichmäßigen Tempi dem fernen Silberglanz entgegen. Weiße Segel ziemlich weit entfernt, Gott sei Dank, niemand soll auf die unglückselige Idee kommen, ihn retten zu wollen. Ruhig weiterschwimmen, genauso ruhig wie jeden Sommer im trüben Wasser des Bega-Kanals, des Flusses seiner Heimatstadt. Hier ist es doch viel schöner. Schöner gewesen. Schrecklich schön … Schrecklich.

Es ist die hora certa, an die er gedacht hat, als er die Gesichtszüge des Freundes, des unter dem Galgen stehenden Viktor, betrachtet hat, der richtige Zeitpunkt, den er bestimmt. Kein Henker in schwarzer Uniform.

Er wird einfach verschwinden. Das ist gut. Wenn man tot ist, hat man keine Sorgen mehr, nichts tut mehr weh. Aber was hat man davon, wenn man nicht weiß, dass man keine Schmerzen mehr hat?

Wie wird wer erfahren, dass es ihn nicht mehr gibt? Im Laufe dieses Krieges verschwinden Menschen auf verschiedene Weise. Oft gibt es keinen Arztkollegen, der den Exitus feststellt und die Todesursache beschreibt. Wenn es kein Grab gibt, erlischt die Hoffnung der Überlebenden lange nicht. Für ihn ist es das Ende, für die, die ihn geliebt haben, noch eine Weile lang nicht. Vielleicht noch ziemlich lange nicht. Die Hoteldirektion wird feststellen, dass die Rechnungen nicht mehr beglichen werden. Die Putzfrauen werden angeben, dass alle Sachen des Herrn da sind. Jemand von der Hoteldirektion und wahrscheinlich die monegassische Polizei werden untersuchen, was da ist.

Hat sich Doktor Schwarz vielleicht abgemeldet?

Ira wird in einigen Tagen nachfragen. Telefonieren. Ins Hotel kommen. Feststellen, dass er weg ist. Ihr nichts gesagt hat. Kein Vertrauen zu ihr gehabt hat. Logisch, wird sie denken. Irgendwohin wird er sich gerettet haben.

Noch ist er nicht müde. Noch nicht. Es ist angenehm, so langsam zu schwimmen, fein, dass der Wellengang nicht hoch ist, erst hier draußen beginnt das Meer sich zu kräuseln, ihn zu schaukeln, wenn er sich auf den Rücken legt. Aber noch einen Blick auf die Küste, auf Monte Carlo werfen, mag er nicht. Wagt er nicht. Dort ist kein Sodom, kein Gomorrha.

Er ist nicht Lot. Orpheus schon gar nicht. Ira ist keine Eurydike, sie ist nicht im Orkus, sondern in ihrem Ballettstudio in Monte Carlo. Die Märchenstunden haben keine tausendundeine Nacht lang gedauert. Und sein Harem war der Mädchenschwarm, der so andächtig zugehört hat, auch nicht. Leider? Gott sei Dank? Er muss lächeln, was für ein Gedanke!

Er könnte sich umdrehen. Noch einmal. Warum nicht? Vielleicht würde er dann in Versuchung sein, zurückzuschwimmen, keuchend an Land zu kriechen.

Von seinen drei Kindern und ihren Familien sind zwei in Sicherheit. Wenn es wahr ist, dass sich David in Kriegsgefangenschaft befindet, gibt es für ihn auch Hoffnung. Kein schlechter Anteil für eine jüdische Familie in Hitlers Europa. Zwei Drittel. Und er selbst? Sein eigenes Leben hat er verwirklicht. Verwirkt auch. Nun ist es erfüllt. Consummatum est.

Hat er das Recht gehabt, das Ende seines Lebens in solch einem Luxus zu verbringen? In Monte Carlo? Als ihm Viktor die Reise nach Monte Carlo vorgeschlagen hat, hatte ihm der Name des Ortes geklungen, als wäre vom Paradies die Rede. Es wurde zum Fegefeuer. Wenn er nicht so wundersam im Casino so viel Geld gewonnen hätte, wäre es ihm nicht eingefallen hierzubleiben, dann wäre er mit Viktor nach Hause gefahren, dann hätte er dort auf der Straße das Plakat gesehen, dass man seinen Freund durch den Strang hingerichtet hat. Und dann hätte er diese letzte, seltsame, starke, unschuldige, unerfüllte, unerfüllbare Liebe nicht erlebt. Otschi tschornje. Noch einmal im Leben. Keine Sünde, Schicksal. Gute Ausrede. Ego mihi absolvo.

Blick auf den Strich des Horizonts, wo einander Dunkelblau und fast graues Hellblau begegnen. Ist dort ein Ziel? Als Kind hat er das Märchen gehört, dass das Glück dort wartet, wo der Regenbogen die Erde berührt. Im späten Alter erinnert man sich an Kindermärchen. Das gehört sich so. Erzählungen über wunderbare Begebenheiten. Die hat es in seinem langen Leben gegeben.

Jetzt ist er schon müde. Er hatte bisher gedacht, er könne unendlich lange schwimmen, aber jetzt schmerzen Oberarme und Rücken. Ist er jetzt todmüde? Müde vor dem Tod? Ausruhen. Nie mehr schlaflos sein. Wie hat sich Viktor unmittelbar vor seinem Tod gefühlt? Moritz ist zufrieden, weil er endlich einen Entschluss gefasst hat. Einen endgültigen. Dieses Ende ist gültig. Bald wird es vollbracht sein, sehr bald. Jetzt hätte er wahrscheinlich keine Kraft mehr zurückzuschwimmen, zurück zum schönen Ufer, jetzt ist es zu weit.

Mit immer schwächeren Tempi schwimmt er der azurblauen Unendlichkeit entgegen, als Ziel der Strich am Horizont, wo einander Meer und Himmel begegnen, Dunkelblau und Hellblau. Sorgenlosigkeit, Finsternis, Stille – Camera silens.

Ich habe nur den Nachnamen des alten Herrn, des Helden dieser Erzählung, verändert, den Vornamen meines Großvaters habe ich behalten. Er war tatsächlich unmittelbar vor dem Weltkrieg, den wir den Zweiten nennen, in Monte Carlo, allerdings ist er im Unterschied zu meiner Kunstfigur nicht dort geblieben, um eine letzte große Liebe zu erleben, einen *amour fou* im Angesicht der Allmacht des Todes. Der Name des Direktors der Zuckerfabrik in meiner Heimatstadt war tatsächlich Viktor. Viktor Elek. Warum sollte ich ihn verändern und mich mit der Suche nach entsprechenden Namen abquälen? Es ist schwierig, die Figuren zu taufen, die aus dem Nichts erscheinen, nicht aus Fleisch und Blut sind, mit denen ich jedoch intimer umgehe als mit den Zeitgenossen und Liebsten, die ich berühren, umarmen, küssen und – das möge der Herr verhüten – ohrfeigen kann. Ich behaupte nicht, meine Helden seien erfunden und jede Ähnlichkeit mit lebenden oder verstorbenen Personen sei zufällig. Im Gegenteil. Nichts soll hier zufällig gewesen sein, alles hier ist absichtlich gesagt. Sie näherten sich einfach wieder – die schwankenden Gestalten.

Moritz hatte sich geirrt, seine Leiche wurde von der Ebbe angeschwemmt, sein Tod wurde medizinisch und polizeilich festgestellt, aber das geht uns nichts mehr an, weil er es nicht weiß und wir diese Welt mit seinen Augen betrachtet haben. Wahrscheinlich hat man einen amtlichen Bericht über seinen Tod an die Adresse geschickt, die er beim Einchecken angegeben hatte. Das Geld auf seinem Konto hatte er, nachdem er seinen letzten Entschluss gefasst hatte, vergessen, es wurde nach der Begleichung der noch ausstehenden Hotelkosten auch korrekt dorthin überwiesen. Niemand hat es empfangen können.

Überzeugt, dass die Achsenmächte unmittelbar vor dem Endsieg standen, kam die Regierung von Monaco dem Wunsch des Großdeutschen Reiches entgegen und beschloss, alle Juden, auch die reichen, loszuwerden. Siebenundsechzig, die so naiv gewesen waren, im Lande zu bleiben oder keinen Fluchtweg gefunden hatten, wurden am 27. und 28. August 1942 verhaftet und in Konzentrationslager in Deutschland und Polen verbracht. Neun von ihnen haben überlebt. Moritz Karpaty, Doktor der Medizin, der als Kohn geboren war, der sich in Monte Carlo Maurice Carpaty nannte, sich im hohen Alter in die schöne, freche Russin Irina Fjodorowna Golubewa verliebt hatte, war es gelungen, jede Erniedrigung zu vermeiden, weil er rechtzeitig und freiwillig in die Ruhe, in die ewige Stille geschwommen war.

WEITERE BÜCHER VON IVAN IVANJI

Schlussstrich

Roman. 331 S., geb.

ISBN 978-3-7117-2051-1

Mein schönes Leben in der Hölle

Roman. 295 S., geb.

ISBN 978-3-7117-2008-5

Geister aus einer kleinen Stadt

Roman. 199 S., geb., 2. Aufl.

ISBN 978-3-85452-633-9

Buchstaben von Feuer

Roman. 216 S., geb.

ISBN 978-3-85452-672-8

Der Aschenmensch von Buchenwald

Roman. 155 S., geb.

ISBN 978-3-85452-429-8

Barbarossas Jude

Roman. 280 S., geb.

ISBN 978-3-85452-299-7

PICUS VERLAG WIEN

WEITERE BÜCHER VON IVAN IVANJI

Das Kinderfräulein
Roman. 280 S., geb.
ISBN 978-3-85452-421-2

Schattenspringen
Roman. 240 S., geb. , 2. Aufl.
ISBN 978-3-85452-642-1

Die Tänzerin und der Krieg
Roman. 288 S., geb.
ISBN 978-3-85452-456-4

Ein ungarischer Herbst
Roman. 234 S., geb.
ISBN 978-3-85452-280-5

Die andere Seite der Ewigkeit
Zwanzig Geschichten vom Tod.
209 S., geb.
ISBN 978-3-85452-269-0

PICUS VERLAG WIEN

20,- / 19